Nu intérieur

BELINDA CANNONE

Nu intérieur

ÉDITIONS DE L'OLIVIER

ISBN 978.2.8236.0802.1

Le cœur qu'on se suppose n'est pas
le cœur qu'on a.

Diderot

I

Je vivais depuis dix ans avec une femme remarquable, l'Une – on me permettra, pour ne blesser personne, de ne pas livrer les noms véritables, mais celui-ci l'est presque puisque, dans le secret de notre intimité, je la nommais ainsi, la perfection de notre entente m'ayant semblé devoir clore la longue théorie de mes amoureuses : en l'Une se subsumaient toutes celles qui l'avaient précédée. Ma jeunesse avait été joyeuse, comme souvent elle l'a été pour une grande partie d'entre nous qui venons d'un temps d'émancipation où tous les possibles du cœur et d'Éros ont commencé à s'ouvrir. Même si parfois la névrose ou un résidu de moralisme contrarie encore les effets de cette promotion du désir, un grand vent de liberté s'est levé sur nos mœurs depuis les dernières décennies du siècle vingtième. Ainsi j'avais été amoureux, j'avais fait l'amour, j'avais même deux fois goûté aux hommes pour ne pas mourir idiot (et j'avais conclu en faveur des femmes), j'avais souffert et j'avais joui, j'avais été léger et je m'étais engagé – je crois que j'étais un individu à peu près aussi épanoui qu'on peut l'être au début du XXIe siècle.

On m'a souvent dit ardent. J'aime l'amour, j'aime les femmes. À cela rien d'étonnant. Outre qu'elles me paraissent infiniment aimables, et proches, le goût d'elles me vient de l'enfance : mon père en était amateur passionné. Or au fil des ans j'ai dû admettre que, sur certains points, je lui ressemblais plus que je ne l'avais d'abord cru – et voulu. Il était né en un temps où si l'on pratiquait parfois l'introspection, on n'avait pas encore acquis les réflexes psychanalytiques tels qu'ils s'expriment de nos jours (*ad nauseam* et sous des formules simplifiées, je dois dire), et il montrait une sorte de candeur à l'égard des mécanismes inconscients. Il m'aimait, à n'en pas douter, mais aimait plus encore sa vie vagabonde et négligeait l'effet qu'elle produisait sur un jeune esprit. Je ne l'aurais pas dit égoïste, car tout en ne s'intéressant qu'à lui, il s'intéressait faiblement à lui-même. Inconséquent aurait mieux convenu. Il était beau, il était voluptueux, ses maîtresses étaient nombreuses. Je me rappelle distinctement sa déclaration en forme de boutade, un jour que quelqu'un (un commerçant, je crois) lui faisait une remarque qui s'achevait par « ce n'est pas bien » : Mon cher, après ma centième année, j'aurai tout le temps de réfléchir au bien et au mal.

C'est une affaire complexe que l'influence d'un père absent et joyeux. Absent, il le fut durant toute mon enfance, requis par son métier et par ses aventures. Ma mère, si elle en conçut du chagrin, eut la sagesse de ne pas le faire peser sur moi. Elle était tendre, heureusement, car lui, bâti sur le vieux modèle paternel, ne m'a jamais pris dans ses bras ou vraiment embrassé, et cette incapacité d'exprimer son affection m'a laissé pour toujours un regret. Mais enfin il me transmettait l'exemple d'une allégresse, d'un appétit de vivre qui ne se démentirent jamais. Homme de feu il fut, et de ce grand désir je me montrerais l'héritier assidu.

Aujourd'hui je sais qu'il avait pourtant le sentiment vif et douloureux de la finitude, et j'ai enfin pu attribuer son sens à ce dialogue – j'avais peut-être dix ans – où, sortant de chez le coiffeur qui s'occupait à domestiquer sa trop généreuse chevelure, il me demanda de bien le regarder. Quand je lui demandai pourquoi, il répondit Parce qu'ainsi, quand je serai vieux, tu te souviendras peut-être que j'avais été beau. Le souvenir est longtemps resté inerte, pure anecdote dont je ne concluais rien mais qui gardait, dans le paysage de ma mémoire, un relief singulier. Il me semble que je l'ai comprise, c'est-à-dire que j'ai perçu sa signification profonde, vers quarante-huit ans. Alors que j'étais depuis toujours persuadé que vieillir me serait épargné, ou plutôt que le temps ne s'inscrirait pas dans mon corps, ou pas sérieusement – quelques rides, qu'était-ce ? –, croyance absurde soutenue par une santé florissante, un léger infarctus mit fin à ma dénégation. Si mon cœur se rétablit assez vite, j'acquis la conscience nouvelle que j'allais vieillir. Et mourir. Je ne crois pas que jusqu'alors j'avais ignoré mon statut de mortel – mon urgence à vivre se nourrissait de ce savoir obscur –, mais longtemps l'échéance était demeurée si lointaine qu'elle ne m'inquiétait guère. Or ça devenait sérieux.

Dans un premier temps, ma joie de vivre en fut ébranlée et j'entrai en tristesse. Je compris que le désir était une grâce, un miracle dont la mélancolie était l'envers, aussi indissociablement liée à lui que le recto d'une feuille l'est au verso : le désir régnait sur mon existence tant que celle-ci était assez intense et chaude ; sitôt que l'idée de la mort s'imposa, la mélancolie vint le combattre. Certains matins je sentis qu'il n'était plus aussi naturel, et joyeux, de me lever. Cet appétit qui m'avait toujours tiré du lit, même quand rien d'agréable ou de particulier ne me souriait dans la journée à venir, cette envie de mordre un fruit et le jour tout ensemble chancelèrent quelquefois.

On s'accoutume à ce fléchissement de l'énergie vitale. On vit avec plus de parcimonie, d'inquiétude et de fatalisme, mais on vit. L'Une m'avait merveilleusement soutenu dans l'épreuve, avec cette intelligence de l'autre qui fait qu'on sait quand il faut l'aider, le plaindre, se montrer confiant ou respecter sa solitude. Comme elle enseignait trois jours par semaine dans une université suisse, nous avions l'habitude d'une grande indépendance et des nuits solitaires. Durant ma convalescence, afin de lui en épargner les inconvénients, nous fîmes chambre à part. Alors que j'avais tant aimé m'endormir et me réveiller auprès d'elle (cette expérience enivrante des débuts, quand chaque matin nous révèle dans un éblouissement que l'être adoré repose à nos côtés), je trouvai de l'agrément à cet isolement nouveau. J'étais devenu un dormeur agité, bruyant, épisodique – or je désapprouvais le principe d'une promiscuité qui déprécie l'intimité et je savais la vertu d'une judicieuse distance. Je connais de grands amoureux qui n'ont jamais adopté la chambre commune, préférant se rejoindre dans un lit non par habitude mais par choix, et je peux croire que les rituels délicats dont ils accompagnent ces rencontres renouvellent et peut-être augmentent leur désir. Pourtant, j'ai conscience aujourd'hui que cette séparation nocturne de nos corps préluda à de plus grands bouleversements.

Quand je repense aux deux ou trois années qui précédèrent l'infarctus, je me souviens du tendre assoupissement de notre désir. À chacun de ses retours de Suisse, je retrouvais l'Une avec une joie inentamée, je la serrais dans mes bras sur le pas de la porte et emportais son sac en la menant vers le salon où je lui offrais un verre de vin. J'avais grande hâte d'entendre le récit des dernières péripéties de sa semaine, de sa pensée, je m'enchantais à l'avance des remarques surprenantes et fines qu'elle me rapporterait : je lui disais souvent, admiratif, Tu penses donc je suis. J'ai toujours été amoureux de son esprit. Évidemment je ne l'entraînais plus dans la chambre, comme je le faisais au début, quand ses trois jours d'absence me tenaient en apnée et que je rêvais de prendre sa chevelure rousse dans mon poing, de couvrir son visage et son cou de baisers tandis que ma main libre irait constater entre ses jambes qu'elle me voulait aussi (c'est l'image la plus vive entre mille qui me restent de cette époque, comme la synthèse de notre désir). Désormais l'étreinte n'était plus qu'un des éléments de notre lien, de second plan, mais je peux dire que grâce à la parfaite connaissance charnelle que nous avions l'un de l'autre, à notre imagination et à notre fantaisie, grâce à l'amour profond qui nous unissait – bah ! je peux dire que nous étions heureux, vraiment.

Nos chambres séparées furent cause que les étreintes se raréfièrent encore. Mais ça allait. Je crois que nous avions tous deux le sentiment que ce développement de notre relation était inéluctable et naturel – oui, naturel, et je ne suis même pas certain que nous nous soyons jamais dit *in petto* quoi que ce soit à ce sujet. Certains savoirs sont aussi dangereux que la nitroglycérine et tant que nous avons la sagesse de ne pas nous les formuler, ils demeurent inactifs. Mais malheur à la petite pensée sincère qui, montant jusqu'à la conscience claire, amorce la bombe !

Au bout de quelques mois, ma santé semblait tout à fait rétablie, ma vie reprit son cours et moi mon activité d'architecte. Il y avait bien cette idée légèrement irritante, comme un grain d'orage à l'horizon, que le temps m'était compté, mais les deux années suivantes passèrent dans le calme. L'état de mon cœur ne m'inquiétait plus (ironie des mots !) et j'avais fini par me rassembler assez pour retourner dans le bal.

II

Me rassembler assez pour retourner dans le bal, ai-je noté. Il faut l'entendre au sens propre autant qu'au figuré : dès que j'eus tout à fait recouvré ma santé, je retournai danser. Depuis douze ans je pratiquais assidûment le tango – c'est d'ailleurs lors d'un stage pour débutants que j'avais rencontré l'Une, mais tandis que je me passionnais pour cette danse, elle n'en avait pas pris le goût et y avait renoncé. Je recommençai donc à fréquenter les bals – les milongas – une ou deux fois par semaine, surtout lorsqu'elle était en Suisse, et je retrouvai bientôt cette allégresse de la danse, cette étreinte fugitive le temps d'une *tanda* (quatre ou cinq tangos enchaînés, suivis de la *cortina*, qui est l'intermède durant lequel résonne une musique quelconque et où il faut changer de cavalière), oui, cette joie quand j'enlace une partenaire et vogue, tourne, tangue, nous inventons une connivence extrême qui ne devient jamais intimité, puis je change – une autre femme se pose entre mes bras, ses pieds s'ajustent aux miens, et tourne et change encore, pour une nouvelle femme. Je crois que l'engouement pour le tango qui se répand depuis le début du XXIe siècle vient de ce qu'il correspond à nos nouvelles manières d'aimer. Loin du bal d'antan, grâce auquel mes parents s'étaient rencontrés puis mariés, la milonga, parce qu'elle pose le renouvellement continu des partenaires comme un principe, me paraît – si ce n'est une forme fantasmatique de libre-échangisme régulé et courtois – la représentation de la nature provisoire des couples contemporains.

Je dois reconnaître, puisque je veux ici être sincère, que lorsque je suis retourné danser, je ne me trouvais plus tout à fait dans mes anciennes dispositions. Ce qui avait changé ? Je voulais être amoureux. Tourmenté par le sentiment du temps compté, je me disais (d'abord de manière vague, tâtonnante, puis de plus en plus ferme, jusqu'à l'obsession), je me disais Sur mon lit de mort, de quoi me souviendrai-je ? Qu'est-ce qui aura eu assez de prix pour me donner l'impression d'une vie bien vécue ? L'Une bien sûr, cet amour somptueux. Mais cela ne suffisait plus. Mon existence suivant un cours trop paisible, j'eus soudain le cœur étreint par la pensée des possibles qui se refermaient. Je savais bien que je n'étais pas si vieux, que presque tout était encore ouvert, mais ma demeure était si construite, si parfaitement construite autour de moi… Or je voulais une nouvelle fois perdre mes « repaires » fondamentaux (dit l'architecte), retrouver l'état de flottement, d'abandon, de disponibilité qui signale la jeunesse, quand on ignore la teneur du jour à venir. Ne connaîtrais-je plus jamais l'enivrement de la rencontre, du désir fou, de la vie réduite et cependant agrandie à l'orbe d'une robe ? Je veux brûler, me disais-je.

On croira que, prêt à tout, j'étais devenu un vil prédateur à l'affût de cette conquête paradoxale qui apaiserait mon inquiétude tout en jetant le trouble dans ma vie trop ordonnée. Illusion du regard rétrospectif. En réalité, un grand flou régnait dans mon esprit. J'étais intimidé par les orages que je sentais se lever en moi, par l'impossibilité d'en parler avec l'Une sans créer un drame dont la perspective me rebutait, et longtemps je ne sus quelle réponse donner à mon désarroi.

Un soir, je me rendis dans une milonga où j'aimais aller car elle n'était pas trop envahie par la jeunesse – depuis que le tango est à la mode, souvent la moyenne d'âge d'une partie de l'assemblée décourage, et les jeunes filles, n'ayant pas reçu cette éducation au bal qui en adoucit les mœurs, refusent avec brutalité l'invitation qui leur déplaît, comme si elle leur faisait offense. Selon mon habitude, je commençai par observer les danseurs, saluai quelques têtes familières puis enfin me mis à danser. Je ne sus si elle avait échappé à mon regard ou si elle venait d'arriver, mais au bout d'une demi-heure je découvris une *tanguera* nouvelle qui dansait avec ferveur. Un beau sourire sur les lèvres, ses yeux regardant intensément rien par-dessus l'épaule de son partenaire, elle était tout entière concentrée sur le très intime dialogue de leurs corps. C'est une belle et puissante expérience, dans le tango, que cette attention extrême et minutieuse aux intentions et inventions de l'autre. Car il s'agit de s'accorder, au sens le plus fort. Tout le corps est tendu vers les signes, les souffles, les pressions de la main, les appuis des pieds, les vagues mouvements du buste (proche, collé à celui du partenaire), du bassin et des jambes (ceux-là lointains, sans contact direct mais qu'on entend pourtant), tout le corps à l'affût perçoit les vibrations du corps de l'autre et les interprète – ainsi je guide ma cavalière en l'écoutant et elle me suit tout en inventant sa danse. Si nous nous accordons, nous aurons le sentiment d'avoir créé une œuvre d'art éphémère. Je ne connais qu'une autre situation de l'existence qui exige des corps-esprits si mêlés et si « intelligents », si subtilement conjoints qu'ils fabriquent une sorte de récit, articulé mais sans signification, dont le plaisir est l'unique visée – l'étreinte amoureuse.

Pour observer tout à mon aise la nouvelle venue, j'arrêtai de danser. Quoique sa verticalité ne fût pas parfaite (dans certaines figures elle vacillait un peu), elle avait une posture élégante et sa tenue, moins clinquante que chez d'autres danseuses, la faisait paraître élancée comme une flamme noire. Quand son partenaire lui convenait, elle dansait les yeux fermés, avec un sourire de délectation. Avec plaisir, répondit-elle, aimable, à mon invitation. Elle se glissa entre mes bras avec naturel et son *abrazo* (son enlacement) me sembla tout de suite aussi délicieux que son odeur – elle sentait la sueur délicate et le parfum. Contre la coutume, je la gardai pour une deuxième *tanda* – à quoi elle consentit sans façon. Le perçut-elle ? Quelque chose se passait entre nous, se cherchait, se humait, se palpait, tandis que je me demandais qui était ce bel oiseau de nuit.

Je lui proposai de m'accompagner à la table des rafraîchissements et, après les questions rituelles (Vous venez souvent ici ? Où d'autre ? Vous suivez des cours ? Avec qui ?), j'appris qu'Ellénore dansait avec assiduité depuis deux ans, qu'elle était photographe, d'origine polonaise, « mais pas très catholique », ajouta-t-elle en riant, qu'elle aimait le désordre, le tango, la poésie et la frivolité, et qu'elle avait eu très jeune (elle paraissait avoir une quarantaine d'années) une fille qui vivait au loin. Elle montrait une alacrité dans la conversation, un sens de la dérision et de la rupture de ton qui la rendaient très pétillante. Bavardait-elle ainsi avec tous ses cavaliers ou avais-je droit à un traitement de faveur ? Enfin il fallut se résoudre à l'abandonner aux autres *tangueros*, mais je lui fis promettre de me réserver la *comparsita* (c'est-à-dire la dernière *tanda* de la soirée, dont l'air *La Comparsita* est le dernier morceau). Nous partîmes ensemble à pied jusqu'au métro. Devant la station je lui dis que ce soir j'avais cru voir l'univers spiraler autour de sa robe. Elle rit et s'enfuit en me disant que dans ce cas, elle reviendrait certainement la semaine suivante.

Le lendemain, rentrant de Suisse, l'Une remarqua avec satisfaction quc j'étais joyeux (je n'en avais pas eu conscience jusqu'alors) et m'en demanda la raison. La lumière, dis-je, ce ciel éclatant rejaillit sur moi comme si j'étais un… un cyclamen – ou un chou-fleur ? suggéra-t-elle. Ce soir-là, notre étreinte fut très inspirée. Je commençai à travailler avec une grande ardeur (un projet de maison sur pilotis qu'on m'avait commandé pour une résidence secondaire dans une région de marais). Je pensais de temps en temps à Ellénore qui, avec la distance, m'apparaissait comme une jeune femme délurée et sans doute un peu vaine, plaisante et voilà tout. Puis je l'oubliai à peu près, mais ma bonne humeur persista.

La semaine suivante, quand revint le jour de notre milonga, je dus admettre que je ne m'y rendais pas sans espérance. Par exemple, si je me scrutais honnêtement, n'y arrivais-je pas plus tard que de coutume parce que, la fois précédente, Ellénore avait surgi au milieu de la soirée ? J'entrai pour quelques euros. La salle n'était pas encore bondée et les danseurs lorgnaient la piste en changeant de chaussures – coup d'œil circulaire, qui est là ? comment dansent-ils ? ce mardi sera-t-il jour d'aubaine qui offrira le partenaire avec lequel la danse devient secrète extase ? Aux tables étaient déjà assises deux ou trois femmes que je connaissais, pauvrettes décorées comme des sapins de Noël et la mélancolie dans le regard, qui m'aimaient bien parce qu'elles savaient pouvoir compter sur moi : je les invitais dès qu'elles demeuraient trop longtemps immobiles, ne voulant pas qu'elles repartent amères de n'avoir pas dansé, alors qu'elles avaient passé tant de temps devant leur miroir avec l'espoir qu'aujourd'hui serait peut-être le jour, le jour d'une rencontre, le jour d'un homme enfin. Du reste, côté masculin, même mélancolie et même espoir, mais là je n'y pouvais rien. Allais-je m'assoir et attendre ? Je choisis de faire danser la triste Maryse qui portait ce soir-là un de ces bandeaux crânes qui auraient dû lui donner l'air d'une amazone, Maryse aux robes trop courtes sur de jolies jambes qui tanguaient sans fautes, Maryse qui gardait si bien l'axe mais dont les yeux étaient toujours intranquilles.

Enfin Ellénore entra tandis que je tournais. Sa présence me fit plus d'effet que je ne l'avais imaginé. Je la voyais par intermittence, statuette de diamant noir, élégante en diable. Elle m'avait vu et souriait. Cette fois elle souriait pour moi. Elle fut invitée tout de suite et je dus patienter deux *tandas* avant de l'enlacer, mais quand elle fut dans mes bras, je sus que je l'avais attendue. Je dansai deux heures dans une grande gaieté, parfois avec d'autres, toujours n'espérant qu'elle. Puis nous quittâmes la milonga pour un café silencieux et presque désert.

Ellénore me plaisait, mais maintenant que je l'avais devant moi, je l'observai avec calme. Vive, elle n'avait cependant qu'un esprit ordinaire, tissé d'idées non pas fausses mais convenues, bien-pensantes, qui, contrairement à celles de l'Une, ne me surprenaient jamais quoiqu'elle les exprimât avec une chaleur sympathique. L'Une ne disait-elle pas que l'intelligence est érotique ? C'est par un autre charme qu'Ellénore me touchait. Au bout d'un moment, à propos de je ne sais plus quel sujet, elle me demanda si j'aimais la poésie et comme je lui avouai que je m'y connaissais peu, elle se mit à réciter un poème surprenant, sorte de haletant morceau de bravoure autour du mot « passionnément » sur lequel il se concluait. Elle vit mon étonnement et s'en enchanta. C'était, m'apprit-elle, un poème de Ghérasim Luca.

Un autre ! réclamai-je. Le second fut aussi ébouriffant. Elle avait un véritable talent pour dire la poésie et une voix qui me troublait. Nous parlâmes de son métier de photographe, je vantai les jolis triangles verts de ses yeux, nous bûmes un peu plus que de raison, elle se plaignit de sa recherche constante de contrats et du prix des loyers pour qui vit seul, de la négligence de sa fille, je décrivis mon projet de maison sur pilotis, elle me raconta des blagues très drôles et j'eus l'impression de n'avoir pas autant ri depuis longtemps.

Le bistrot fermait, il fallut partir. En chemin je commençai à envisager toutes sortes d'arguments pour prolonger la soirée, et la conversation vira au badinage. Je me dis confusément qu'elle devait être délicieuse au lit, que ça n'engagerait à rien, que je n'enlèverais rien à l'Une, que je la trouvais marrante mais c'est tout. Et puis, ne fallait-il pas que la chair exulte ? Mais soudain Ellénore se déclara très fatiguée et appela un taxi. Comme il approchait, elle se haussa sur la pointe des pieds et posa ses lèvres sur les miennes. Elle s'engouffra dans la voiture avec un petit rire, avant que j'aie eu la présence d'esprit de lui demander un numéro de téléphone.

Le boulevard était désert et les trottoirs humides luisaient d'un éclat d'obsidienne. Je marchai lentement dans la nuit jusque chez moi pour assimiler tout ce qui venait d'arriver. J'essayai de détailler la sensation que son geste inattendu avait éveillée en moi. Comme dans notre *abrazo*, tout mon corps-esprit était entré en intime connivence avec Ellénore par ce rapide baiser dont me frappait, c'est le mot qui s'imposa ensuite dans mon souvenir, l'exactitude. Étrange vocable, j'en ai conscience, mais lui seul traduit la manière dont il me fora et m'atteignit. Ellénore n'était pas vraiment mon genre mais je ne sais quoi d'elle – son baiser, ses poèmes, sa voix, nos rires –, je ne sais quoi était venu me chercher au cœur de mon désir.

Pas de nom, pas d'adresse, il fallait attendre le mardi suivant pour la revoir. Les premiers jours, les effluves du baiser persistèrent et avec eux la joie. Finalement ils disparurent – je le crus – mais j'étais moins efficace au travail et d'humeur inquiète. Ellénore était charmante, drôle… et d'un esprit médiocre. Or je n'avais aucune envie d'une aventure insignifiante, n'en avais plus l'âge ni le souhait. L'intensité ou rien. Est-ce que je la désirais véritablement ? Peut-être, mais en étais-je amoureux ? Non, c'était impossible, elle ne me convenait pas assez. J'eus l'impression d'entrer en lutte contre son image, ce qui ne m'empêcha pas d'échafauder plans et calculs afin de la conduire plus sûrement dans mon lit la fois suivante. Je repensais à notre conversation, j'y voyais des thèmes à reprendre pour la mener où je souhaitais – ne fallait-il pas que la chair exulte ? –, puis ces rêveries me paraissaient absurdes et j'allais embrasser l'Une pour remettre mes idées en ordre.

Dès le mardi matin je me sentis nerveux. Le baiser revint me tarauder. Trouverais-je Ellénore dans les mêmes dispositions ? L'alcool avait peut-être provoqué cet élan affectueux, ou même la gratitude – les femmes en éprouvent parfois pour qui les fait bien danser –, dont il ne resterait rien aux retrouvailles. De la journée je fus incapable de travailler. J'arrivai dès l'ouverture de la milonga.

Ici, inutile de raconter le détail de mon impatience, de mon attente et de ma fébrilité : Ellénore ne vint pas. *Ellénore ne vint pas.*

La semaine suivante, ayant envisagé cent raisons

simples qui pouvaient expliquer son absence, j'y retournai, plein d'espoir et d'anxiété, et constatai qu'elle avait bel et bien disparu.

Je passai la nuit sans dormir.

III

Je passai la nuit sans dormir. Il n'était plus question ni de calculs ni de projets ; je me sentais, de la meilleure foi du monde, véritablement amoureux. Comment avais-je pu en douter ? J'avais tenté de me défendre contre l'irruption d'une femme merveilleusement poétique, drôle, jolie, élégante – quel portrait ma déconvenue ne dressait-elle pas d'Ellénore ! –, je l'avais estimée « pas mon genre » pour m'en protéger mais mon genre elle était, sans l'ombre d'un doute, et la frustration ouvrait en moi un gouffre intolérable.

Pour distraire ma douleur, je tentai de me remettre au travail. Les pilotis me semblèrent une idée ridicule et j'en informai sur-le-champ mon client qui le prit fort mal – elle venait de lui. Il me fit valoir qu'à l'ère du monde global il n'y avait aucune raison de se priver de formes d'habitats exotiques, et qu'après tout ce principe de construction reprenait l'un des cinq points de l'architecture moderne développés par Le Corbusier… L'argument était imparable et j'avais besoin de commandes pour vivre. Je retournai à mes plans. Mais mes pensées divaguaient à tout instant et sombraient dans le marais de mon trouble – j'avais perdu mes pilotis. Je me procurai les poèmes de Ghérasim Luca et l'Une fut bien étonnée – elle ne me connaissait pas ce goût – quand je lui en donnai lecture. Le libraire à qui j'avais acheté tous les recueils disponibles m'indiqua qu'il existait une vidéo où le poète disait plusieurs poèmes. La recherche de ce film m'occupa deux jours entiers (divertissement bienvenu) pendant lesquels je me sentis aussi assoiffé de Luca que le vampire de sang (le poète était roumain). Je réentendis « Passionnément » avec une émotion indicible, toutefois j'estimai la performance d'Ellénore meilleure (sans commentaire). Je me rappelle aussi que ce même jour, ou la veille, je fis un achat de nourriture sur internet et qu'on me livra cent pots de moutarde au miel, qu'on refusa de reprendre : il y avait bien deux zéros en trop sur le bon.

Mon agitation me persuada que de ma vie je n'avais

été si amoureux. Je me repassais le détail de nos deux soirées, ses mots, ses rires, pour tenter de déceler, rétrospectivement, si je lui avais un peu plu, mais, sous l'œil de la mémoire, Ellénore m'apparaissait joyeuse et lointaine, moqueuse peut-être, et je devais reprendre le visionnage interne au début pour essayer de me réconforter. J'avais beau chercher, aucune femme ne m'avait autant requis, et l'air me manqua plus d'une fois à l'idée que je ne la reverrais plus.

Je dormais peu, tournais en rond dans l'appartement et il m'arrivait de sortir aux petites heures. C'est ainsi qu'un matin je tombai sur ma vieille amie, L***, qui habitait le quartier et y fréquentait les mêmes cafés que moi. Je lui trouvai excellente mine et vis à son regard qu'elle ne pouvait m'en dire autant. Du nouveau ? lançai-je. Énorme, me répondit-elle. Elle me raconta qu'elle venait de redécouvrir le grand désir. À soixante-six ans, dont trente de célibat, l'affaire était intéressante. Elle avait fait la connaissance d'un jeune peintre – pas la quarantaine, estimait-elle –, auquel elle avait acheté deux œuvres. En apportant le second tableau chez elle, il s'était un peu attardé. Très gentil. Elle n'était pas femme à se faire des illusions, m'assurait-elle, mais elle avait senti son trouble. Avaient suivi des échanges de courriels et textos. Et, alors qu'elle sommeillait depuis si longtemps, ayant pris soin, depuis sa lointaine jeunesse, de ne plus jamais s'exposer à ces bouleversements du cœur et du corps, vivant agréablement mais comme à bas bruit, à l'abri de sa solitude, elle avait été terrassée par le désir (c'était son mot). Elle me confia que, parfois, elle n'avait qu'à penser à lui, assise dans un fauteuil, pour jouir – comme ça, tu vois, le corps part. Est-ce qu'elle s'était trompée toutes ces années ? Rien n'avait une plus grande importance que ce désir, rien dans la vie n'avait plus de prix que cette ardeur, cette intensité de chaque instant, et l'inquiétude (pouvait-elle, à son âge, envisager vraiment quoi que ce soit avec ce beau jeune homme ?) n'empêchait pas, en même temps, la joie. Il me suffisait de regarder la lumière sur son visage pour comprendre à quel point elle était soudain vivante – j'ai moins peur de ne pas obtenir ce beau garçon que d'être obligée de me dire après, et quoi qu'il arrive, que j'aurai fait fausse route toute ma vie en me tenant à l'écart du désir… Ça, ce serait terrible. Je ne me le pardonnerais pas… Puis elle balaya l'inquiétude d'une main leste et ajouta Cela ne fait rien, cela ne fait rien. Je suis heureuse. Oui. Je me réveille chaque matin de bonheur.

Je rentrai chez moi ébranlé par une confidence qui aggravait mon état en lui conférant une sorte de légitimité existentielle. Je disposais déjà de bien peu de ressources contre la disparition d'Ellénore – le récit de L*** me convainquit que j'avais raison de la convoiter, que la saveur de ma vie en dépendait et qu'il serait trop cruel de constater un jour, âgé, que j'avais manqué aux plus belles exigences de l'aventure humaine.

Cependant je n'avais aucun moyen de transformer la situation : Ellénore était inatteignable. Je passai les trois jours suivants comme un spectre. L'Une partit inquiète.

Le mardi soir me trouva à notre milonga (je pensais *notre*, comme si nous y avions nos habitudes, ou rendez-vous), assis au bord de la piste, avalant mécaniquement toutes les cacahuètes qui garnissaient la table, incapable de danser, sans espoir mais quand même. Soudain mon regard fut attiré par une modification de la luminosité dans le coin opposé de la salle : *elle était là*. Clignotement inouï de sa présence. Je me sentis à la fois soulagé (elle était là) et oppressé (ensuite ?). Je crois que j'entrai en apnée jusqu'à ce qu'elle m'invite à danser. C'était une *tanda* de valses (une des trois formes musicales du tango, la plus enjôleuse) dont la tendresse me mit tout à fait hors de moi-même. Pendant la *cortina* je lui murmurai Ne me faites plus ça – je vous avais donc promis quelque chose ? – un peu – rien du tout. Nous nous tûmes mais elle ne s'éloigna pas et nous recommençâmes à danser.

Au bout de quelques heures nous rejoignîmes notre café (je lui avais dit *notre café* pour l'amadouer, l'entraîner sur un terrain de mots partagé) et je lui détaillai ma souffrance de ces semaines où j'avais cru l'avoir perdue – je suis passé par les pires tortures intimes que vous puissiez imaginer et j'ai été horriblement malheureux. Je vous ai espérée, rêvée, attendue. Vous ne m'avez pas quitté un seul instant depuis vingt jours. Ne me faites plus jamais ça.

Elle me considéra tout le temps que je parlai avec un air sarcastique, puis elle me lança Vous me prenez pour une gamine ? Vous pensez que je n'ai pas compris que vous aviez une femme, une vie, et que probablement vous cherchiez à vous distraire ? Oui, vous m'avez plu vous aussi, mais je suis un peu cabossée par les hommes, vous savez, je me méfie. À présent je préfère consommer sans risques.

Je protestai. Je recommençai le récit des jours atroces pendant lesquels j'avais craint de ne jamais la revoir, je peignis ma folie, mes insomnies, mes histoires de pilotis (elles la firent sourire), mes lectures de Luca – quand je lui déclamai la fin de « Passionnément », elle éclata de rire. Je venais de marquer un point dont je voulus profiter. Je l'embrassai. Elle se laissa faire. Ses lèvres étaient exquises. Le naturel de ce baiser, l'aisance avec laquelle nos bouches se réunirent, le délice de son haleine, tout me subjugua. Notre baiser, se prolongeant, ouvrit un monde de sensations. Sa langue jouait avec la mienne, caressait mes lèvres, ses dents mordillaient ma bouche, elle soupirait par à-coups délicats et je retrouvai cette impression d'exactitude qui avait marqué notre premier baiser. Elle était exactement faite pour mon désir. Je lui chuchotai Je voudrais vous faire l'amour. Elle rit légèrement, Maintenant ou tout de suite ?

Elle habitait un petit appartement qui me parut entièrement rouge, élégant, avec des photos intéressantes aux murs, mais nous étions sur son grand lit avant que j'aie eu le loisir de détailler le lieu.

Je ne fus pas au mieux de mes performances, trop ému, trop épris, mais Ellénore ne s'en offusqua pas : elle connaissait la musique. Ne t'inquiète pas, me dit-elle, c'est toujours beaucoup mieux la deuxième fois. Cette *deuxième fois* me mit du baume au cœur et je la repris avec passion. Comme au tango, elle souriait dans l'étreinte, une joie bouleversante sur le visage, elle était douce et très libre, ardente aussi – faite pour moi. Je lui glissai J'aime ta façon de te donner – je ne me donne pas, je me prête à nos jeux, comme toi – je suis touché que tu m'aies invité ici, que tu aies voulu faire l'amour avec moi tout de suite – pourquoi pas ? C'est agréable – agréable ? Quel mot ! Tu considères la vie sexuelle comme un plaisir parmi d'autres ? – la vie sexuelle ! Mais c'est un pléonasme !

Elle me faisait rire. Du moins jusqu'à ce qu'elle me dise qu'elle avait deux amants de confort. De confort. Petite déflagration au cœur. Deux amants. L'information était rude. Mais bon, elle n'avait pas eu de raison, jusqu'à présent, de rester seule. J'allais m'employer à rendre ce confort superflu.

Au petit matin, prenant conscience que la femme blottie entre mes bras était Ellénore, je fus saisi d'une joie qui défie tout qualificatif, énorme, grandiose, pleine, souveraine – une joie majuscule. Et ma joie se prolongea : l'Une, partie pour un colloque lointain, s'absenta dix jours dont je consacrai chaque heure à Ellénore.

Accroché, épinglé, fixé. Elle était faite pour moi.

Je traversai cette décade avec la conviction ardente qu'aucune, dans le vaste monde, aucune ne me conviendrait mieux. Je me sentais heureux. Chose très difficile à raconter, cette poussée violente de la joie dans mon cerveau comme les vagues d'un océan, cette effusion, cet élan, ce sourire intérieur. Puis l'Une revint mais je continuai à voir Ellénore chaque jour et toutes les nuits quand j'étais seul. Arrivant en avance dans les milongas où nous avions rendez-vous, j'aurais pu l'attendre sans bouger, guetteur immobile, comblé par cette avant-joie qui est l'une des modalités de la joie, mais j'avais de l'énergie à revendre et plus que jamais de la peine pour Maryse et ses amies qui regardaient la piste de danse avec des yeux tristes – Maryse qui me disait, complice, tandis que je l'entraînais dans un tango endiablé, Ah, quelle chance, trésor, elle n'est pas encore là ! et sa connivence affectueuse me paraissait le comble de la tendresse humaine. Parfois j'abandonnais Ellénore aux autres hommes pour le plaisir de la voir danser. Alors je croyais que le monde s'enroulait autour de son corps comme certaines nébuleuses d'étoiles qui forment des jupes de spirales au fond de l'univers. Dans ces moments enchantés, Ellénore était pour moi tout l'univers.

J'avais retrouvé, au centuple me semblait-il, le battement le plus intense de la vie et la mélancolie était loin, si loin qu'elle n'avait été qu'une illusion triste, pensais-je quand j'y pensais, et je sentais en moi des forces nouvelles, une vigueur reconquise et un élan de tout l'être que me communiquait le charme – comme on dit des prodiges d'une fée –, le charme de l'amour.

IV

Charme de l'amour, qui pourrait te décrire ! Commence alors le temps où je traverse deux quartiers pour rejoindre Ellénore dans sa tanière, où j'aime repasser sans cesse sur les mêmes trottoirs, certain que je finirai par y creuser mon amoureux sillon, reconnaissant les objets aux devantures des magasins, les graffitis au sol (*je t'aime*, au pochoir, rouge et bleu), avec cette délicieuse crispation à l'estomac à l'idée de l'étreinte en promesse, ces battements de cœur parce qu'elle, elle quoi ? elle sera elle, corps vif de toupie et délicieux triangles verts en guise d'yeux, elle sera drôle – j'aime à la folie son humour –, enfin je monte les quatre étages dans une joie sauvage… Pour le dire mieux : grâce à Ellénore, il me semble soudain vivre dans l'*ouvert*, cet état où tout circule entre les diverses strates de l'être, parce que l'amour (qu'on me permette ce raccourci), l'amour, comme la navette du tisserand, se glisse entre elles et les fait communiquer. En moi règne l'ouvert, mais aussi entre le monde et moi. Je marche dans la ville qu'illumine l'été indien, je me promène et l'air doux paraît une émanation de mon esprit, je m'accorde au paysage, les gens me sourient, sans doute parce qu'un sourire inconscient flotte sur mes lèvres, le fleuve si beau me comble. Je respire plus large, la beauté du monde contribue à ma joie et l'augmente. Je sais que la beauté qui nous entoure ne suffit jamais à créer la joie : les paysages se taisent quand le cœur est silencieux et la merveille devinée repose en eux comme en un coffret scellé. Mais dans l'ouvert, je suis en connivence avec certains couchants incendiant le ciel entre les toits, avec des vols d'oiseaux, des lumières vespérales au flanc des immeubles, avec la majesté des grands arbres des boulevards et le scintillement des reflets sur l'eau. Je suis à présent devenu tout entier élan, verticale dynamique, chaque repli de mon être non plus isolé mais communiquant avec les autres – au lieu de vivre par compartiment, je suis porté et comme élevé vers une Autre, vers Ellénore.

Au bout d'un mois, l'ouvert se transforme, s'intensifie. Plus loin que la joie. Nous empruntons une voie qui conduit vers l'extrême du désir. Difficile à raconter. J'essaie, pour autant qu'on puisse se souvenir de l'incandescence même.

Chaque jour donc, je traverse deux quartiers, je monte quatre étages et je retrouve sa splendeur, elle que je dénude et que j'écartèle, que je fais fondre et que je lèche, lui murmurant des mots brûlants pour qu'elle dépose sa majesté à mes pieds – de même, je m'incline devant elle, me rends au sol et me fais servant de son plaisir. Chaque jour nous cheminons vers plus de crudité, gestes et mots, comme deux danseurs indécents, irradiés et joyeux. Le corps d'Ellénore n'est pas seulement beau mais habité avec élégance. Je sais que sa beauté n'a pas si grande importance, qu'elle a sa source dans mes yeux : moins belle elle m'aurait quand même captivé. D'une tout autre portée son élégance – ses vêtements raffinés, comme sa parole, ses gestes, son allure. J'aime aussi que son port, la hauteur de sa taille et la longueur de son cou la fassent paraître plus grande qu'elle n'est. Lorsque nous nous jetons sur le lit, avec cette démesure et cette obscénité qui nous ravissent, c'est son manteau d'élégance qui glisse jusqu'au sol. Haute bassesse du désir.

Jusqu'où cette crudité ira-t-elle ? Nous ne le savons pas. J'ai accédé (mais elle aussi je crois) à un état d'être nouveau, une disposition soudaine, un mystère. Certes j'ai connu le désir avant elle, il a illuminé ma rencontre avec l'Une, mais il me semble que jamais je ne me suis enfoncé si loin dans – dans l'extase ? ex-stase, sortie de soi, il se passe quelque chose qui, quelque chose, il se passe que je ne m'appartiens plus, que je suis l'amant d'Ellénore comme certains sont roi ou empereur et je ne voudrais d'autre royaume dans le monde, d'autres plaisirs que ceux que me dispensent son corps, sa bouche, ses gémissements, d'autre pensée que celle de la retrouver au plus nu. Cette *pensée*… Je sais qu'elle m'occupera jusqu'à la fin des temps, que je n'aurai de cesse de la considérer, de la humer, de m'en repaître, car, énigmatique et violente, elle est de nature à remplir toute ma vie…

Quatre étages, donc. Elle a entendu mes pas dans le couloir et elle m'attend derrière la porte, ne l'ouvre pas tout de suite, écoute mon souffle, bruyant d'avoir si vite monté les escaliers. Je la sais à quelques centimètres, peut-être l'oreille collée au bois, proche et inaccessible – elle pourrait ne pas ouvrir mais elle ne le peut pas. Pourrait mais ne peut, c'est ainsi pour moi aussi. Pendant de longues secondes, ce jeu indique que la porte pourrait rester close, le désir ne pas nous habiter, n'être pas. Ce suspens fait écrin au miracle à venir. Puis j'entends sa main sur la poignée et la porte pivote lentement sur ses gonds.

Ensuite. J'ai d'elle cent images qui tournent en une luxurieuse noria – fesses sur le bord du canapé rouge et jambes très écartées, mains posées derrière son dos pour résister à mes poussées, poitrine projetée en avant, regard provocant, Vas-y, prends-moi, et je prends sa splendeur, comme tout à l'heure ou une autre fois, assise sur moi ou posée sur le flanc, à son tour elle me prendra. Ou encore : quatre pattes et la tête enfouie dans les draps, me présentant sa croupe et son bel œillet où j'ai soin de ne pas m'épancher – dur et durant, dit parfois Ellénore en riant. Ou mon visage dans son entrecuisse et ma langue allant, précise, minutieuse, guidée par ses gémissements.

Gestes connus et répétitifs de l'amour : ce qu'à présent je ne sais pas expliquer, m'expliquer, c'est le sentiment de liberté que me donnait Ellénore, la manière affolante qu'elle avait (mais comment ?) d'habiter son corps de plaisir. Il me semblait que tout (mais quoi ?) était possible grâce à sa liberté, sa grâce aussi (cet assemblage inouï d'indécence et d'élégance), qu'ensemble nous franchirions les ultimes étapes (mais que sont-elles ?) de la luxure. J'éprouvais comme jamais que l'étreinte est *cosa mentale*, de sorte que la plus fugitive des caresses peut donner accès aux abîmes de la sensualité. Ellénore ne s'abandonnait pas à l'étreinte, elle y plongeait en égale et, pareillement complices, nous nous tenions très au-delà des petits jeux des hommes et des femmes, créant de concert une œuvre éphémère – jamais comme avec elle je n'ai éprouvé la justesse de l'expression désuète, *l'œuvre de chair*. Il y avait dans nos étreintes, dans leur aura d'excès, dans le désir insensé qui ne nous abandonnait plus, dans la jouissance torrentielle d'Ellénore, il y avait la promesse d'un monde violent et inconnu, profond, vrai. Illimité : c'est peut-être le seul mot qui dise mon impression que notre désir ne pourrait que s'approfondir, se nuancer, s'inventer chaque fois plus brûlant.

Elle aimait mon corps (mon corps sans importance,

sans beauté particulière) avec la passion et le détail des grandes amantes. Souvent elle prenait son appareil photo pour fixer un bout de peau, un téton, mon sexe en érection ou au repos, une main, un arrondi d'épaule, et les dizaines d'images, rendues étranges par la lumière rouge de sa chambre, ornaient ses murs en une profusion troublante. Elle les décrivait quelquefois au téléphone, me glissant d'une voix douce mais impérieuse qu'elle venait de se noyer dans leur contemplation et que je devais venir toutes affaires cessantes, assurant en quelques mots obscènes ou tendres qui me coupaient le souffle qu'elle voulait instamment l'original sous les doigts ou la bouche, vite, il fallait courir vers elle, et je courais vers elle qui m'attendait nue et pantelante.

Nous prenions garde aux mots cependant. De notre traversée vers l'extrême de la crudité, peu transparaissait dans nos conversations – je veux dire que lorsque nous conversions, nous étions sobres et délicats, nos mots si brutaux dans le désir restaient chastes hors du lit car nous aimions qu'ils aient l'air plus nus quand nous les faisions voler dans la chambre. Nous étions tous deux pudiques.

Je pourrais continuer à raconter les scènes ou les postures, mais parviendrais-je à dire ce que nous avions découvert (ou moi seul ?) du nu intérieur ? Car ce vers quoi nous tendions dans nos étreintes, je le nomme ainsi, par ces mots qui indiquent la mesure d'une pièce d'un mur nu à l'autre, le nu intérieur, quand on se sent à la fois très fort et très faible, que tout l'être s'expose à travers l'abandon de son corps-esprit, que rien ne s'en réserve, que tout est offert – dans l'ouvert. L'ouvert était-il l'amour ? Au plus fort de l'étreinte, voix rauque ou douce, selon, elle murmurait quelquefois qu'elle m'aimait et je le glissais aussi dans son oreille mignonne que je léchais. Était-ce vrai ? C'était la seule manière de dire notre ravissement, de signifier la tempête et les délices que chacun faisait lever en l'autre. Et si ce n'était pas vrai, qu'était-ce donc que cette joie, cet appétit, ce rapt, cette existence concentrée dans les moments de nos rencontres, ce monde ramené à un être, qu'était-ce donc ?

V

Ce monde ramené à un être, qu'était-ce donc, et comment nommer ce sentiment qui incita très vite Ellénore à quitter ses deux amants de confort mais ne me contraignit pas à me séparer de l'Une ? Je volais tous les jours vers la tanière de ma belle adorée, elle me manquait dès que je franchissais son seuil pour retourner travailler, pourtant je ne prenais aucune décision. Je flottais dans un monde enchanté, un pur présent de la joie qui laissait peu de place aux interrogations. J'aimerais savoir décrire la pulsation du bonheur, ces éclats d'allégresse comme des éclats de rire, cette foudre délicate qui traverse le corps-esprit et le transporte – la vie haute, de « haute tension ». J'acquis un nouveau téléphone mobile pour pouvoir lui envoyer photos, messages multiples et liens internet afin qu'elle découvre les vidéos de danseurs remarquables. Ça fusait entre nous, sans répit, mots torrides, protestations de manque, images suggestives ou simplement heureuses (la ville et la vie concouraient à notre désir par toutes sortes de signes complices), le lien ne s'interrompait jamais et j'en avais besoin autant que d'air et d'eau car j'étais comme un écorché vif qui, plongé dans un liquide doux, favorable, jouirait de sensations aiguës. J'écoutais beaucoup de musique, toujours des tangos, dans diverses interprétations que j'apportais à Ellénore et sur lesquels nous exécutions parfois quelques pas – aussi longtemps que nous résistions à notre désir. Je crois n'avoir jamais, ou rarement, désiré une danseuse, si étroite qu'ait pu être notre connivence dans le bal. La danse est une sublimation de l'étreinte, qui demande maîtrise et concentration, et dans cette transposition elle se suffit pleinement à elle-même. Mais avec Ellénore, que je déshabillais en l'embrassant, dont je découvrais l'épaule laiteuse en la caressant, avec Ellénore que mes mains exploraient sans relâche, fêtant sa hanche, ses fesses et ses cuisses douces, avec Ellénore la danse menait tout naturellement à l'étreinte et je suppose que dans les milongas on percevait notre attraction mutuelle.

(Toutefois cette danse exprime si naturellement le désir et l'accouplement des corps-esprits que je ne suis pas certain que la nôtre nous ait trahis.)

Ellénore continuait de m'initier à la poésie. « Les antilopes les plus rêveuses rêvent de caresser la douce poitrine des tigres » : après Ghérasim Luca, elle entreprit de me faire connaître Henri Michaux, qui nous amusait souvent car il semblait parler de nous. Ce moi « provisoire », auquel on a peut-être « tort de se tenir », qui n'est qu'une « position d'équilibre », « une entre mille autres continuellement possibles et toujours prêtes », n'était-ce pas… moi ? J'avais tenu à mes attaches, à mes repaires fondamentaux, et voilà que tout vacillait, que le nu intérieur devenait ma seule identité, c'est-à-dire une absence d'identité. Du reste, qui étais-je ? Un architecte ? Mais l'architecture qui m'avait tant passionné était le cadet de mes soucis depuis que le désir était devenu ma ligne d'horizon. Un homme sincère et droit ? Je mentais. Un homme libre ? J'étais diversement mais partout enchaîné. Le compagnon de l'Une ou l'amant d'Ellénore ? Ou tout cela ? En vérité j'étais tout cela.

Je me souviens qu'à cette époque je conçus un projet

excitant, presque une sculpture (mon inspiration gagnait en légèreté), pour lequel je jetai quelques croquis sur des feuilles volantes. Une petite ville des Alpes où je me rendais quelquefois souffrait d'être si profondément encaissée au creux des montagnes que, dès le milieu de l'après-midi, l'ombre tombait sur elle comme un linceul. En étudiant sur une carte la disposition et la hauteur des reliefs alentour, j'imaginai d'installer un réflecteur qui capterait les rayons du soleil le plus longtemps possible et les renverrait vers la ville. Le miroir, vague de verre en rotation lente, serait une installation intéressante en elle-même. J'expliquai mon projet à Ellénore en lui promettant que si je venais à le réaliser, je l'intitulerais *Ellénore* – pourquoi ? – parce que l'idée d'attraper la lumière me vient de toi – pourquoi ? – parce que tu es comme ce miroir rejaillissant qui illumine mon existence – pourquoi ? – parce que je ne pense qu'à toi – pourquoi ? – parce que tu me plais – pourquoi ? – parce que.

Je me rappelle aussi le merle qui chantait follement sous ses fenêtres et dont elle m'assurait qu'il revenait chaque printemps – comment sais-tu que c'est le même ? – je reconnais son chant – à quoi ? – il est plus inventif que les autres, plus flûté. Et ce chant était si gai, si beau, si mélodieux, si accordé à ma joie, que je voulais la croire.

Un jour, mon amante m'accueillit avec une mine renfrognée et un baiser sans fougue, presque réservé. Elle ne résista pas à mon étreinte mais j'eus le sentiment de lui arracher son plaisir. Je reprenais mon souffle, le visage au creux de son cou, lorsqu'elle murmura d'une voix sourde Je serai donc toujours ta geisha ? Avant que j'aie pu bredouiller une réponse, elle continua – à moi le lit et les milongas, à elle la vraie vie, celle qui se construit jour après jour, les sorties, les amis, les projets, c'est ça ? Je protestai comme je le pus, sans vigueur, surpris. Elle n'avait encore jamais évoqué l'Une. Elle reprit, implacable, Je te fais danser, je te lis de la poésie, je te fais l'amour : comme une geisha, exactement.

Rétrospectivement, ma surprise me paraît étonnante, cependant elle fut sincère. Je n'avais jamais pensé quitter l'Une en rencontrant Ellénore. Cela ne faisait pas partie de l'événement. Car un événement, notre rencontre en était un, considérable, miraculeux, et en même temps plein et autonome : notre désir existait comme la forêt de Brocéliande, parallèle au monde ordinaire, zone de prodiges et de délectation où ne pénétrait rien qui ne fût strictement lié au couple secret que nous formions. Pendant les quatre premiers mois, tout entier émerveillé par ce qui nous arrivait, je confesse n'avoir jamais pensé, de ce qui s'appelle *penser*, que ma situation d'homme lié pourrait ne pas lui convenir. Comment imaginer qu'un tel miracle ne lui suffirait pas ? Je ne me projetais jamais dans l'avenir ni ne songeais à changer quoi que ce fût dans notre condition, je ne songeais à rien d'autre qu'aimer-désirer Ellénore, ne me figurant pas qu'elle pût avoir d'autres souhaits. Cet après-midi-là, elle prétexta un rendez-vous de travail pour me quitter assez vite et je retournai à mon appartement, traversant très lentement les deux quartiers qui nous séparaient. Chaque pas qui m'éloignait d'elle augmentait mon inquiétude et ma perplexité – ainsi donc, tandis que j'étais si heureux, Ellénore n'était pas satisfaite ?

Soudain conscient des déficiences de notre situation, je passai la soirée et une partie de la nuit à la reconsidérer. On doit me croire : je m'étais laissé bercer par la perfection de notre rencontre sans en deviner les inconvénients pour Ellénore. Elle venait de lâcher les loups entre nous, contre nous. Bien sûr, dans la rue je l'enlaçais rarement, je ne dormais chez elle que quand l'Une était absente, je ne lui présentais pas mes amis. Dans tout ce que je lui racontais de mes jours, comme dans une photo truquée, manquait l'Une – gommée. Pourquoi ? Pour ne pas la blesser d'abord. Mais aussi par respect pour l'Une : si à celle-ci je mentais en lui dissimulant l'existence d'Ellénore, au moins ne voulais-je pas la jeter en pâture dans les conversations avec mon amante et, malgré le mensonge que je lui faisais, je pensais préserver sa dignité par un silence protecteur.

Dans la panique je me mis enfin à voir mieux, c'est-à-dire plus honnêtement, ma situation, et je me demandai si je ne devrais pas avouer à l'Une l'existence d'Ellénore. Mais que lui dire ? Que je l'aimais mais que j'aimais-désirais Ellénore ? Et à quoi aboutirait cet aveu, hormis à créer un état de drame permanent, sans conséquence décisive ? Car, comparant pour la première fois depuis quatre mois mon lien avec les deux femmes, je fus obligé d'accorder toute son importance au fait que j'adorais l'esprit et la personnalité de l'Une, que je m'en nourrissais au point que je ne pouvais songer à m'en passer. Ellénore était vive et poétique, mais l'Une était intelligente, inventive, surprenante, brillante. J'étais fier de l'Une, pas d'Ellénore. Et surtout, je me rappelai le sentiment de consentement absolu à l'amour qui avait marqué notre rencontre, douze ans plus tôt, l'impression d'une justesse extrême à l'égard de moi-même, je me rappelai mon émerveillement qu'une femme pût correspondre si parfaitement à tout ce que j'attendais d'un être et la conviction violente qu'aucune, jamais, ne pourrait la déloger de mon cœur, rompre un compagnonnage si intime… Or, tout en étant fou d'Ellénore, je n'éprouvais pas une adhésion aussi complète à ce qu'elle représentait, à l'univers-Ellénore. Cependant je la désirais avec cette forme de désir qui est indissociable de l'amour – et non plus l'Une. Je me sentais donc incapable de modifier la situation, sauf à renoncer à l'Une ou l'autre, ce que justement je ne voulais pas. Je voulais les deux sortes d'amour, je voulais les deux femmes – puisqu'à présent il en fallait deux pour étancher mon désir amoureux.

À force de tourner mes réflexions en tous sens, je me persuadai que rien ne pouvait être autrement que cela n'était et au milieu de la nuit je m'endormis, presque convaincu que cette péripétie ferait long feu et qu'Ellénore reviendrait sans tarder à de meilleurs sentiments.

Il me semblait que la joie que nous nous donnions, la beauté de nos étreintes, le naturel de notre lien balaieraient bientôt son reproche et que tout rentrerait dans l'ordre – c'est-à-dire dans l'ordre qui me convenait. Au matin, je trouvai sur mon téléphone un message par lequel elle m'annonçait que son rendez-vous avait abouti à un petit contrat et qu'elle partait sur-le-champ en reportage. Elle ne me disait pas où ni pour combien de temps. J'eus le sentiment de voler en éclats.

Je me revois errant jour après jour dans les rues encombrées de piétons que les alertes à la pollution avaient obligés à abandonner leurs voitures – on annonçait que le temps anormalement chaud provoquait une stagnation des *particules fines* et que l'air en devenait irrespirable –, irrespirable il l'était pour moi, tout entier concentré sur la douleur qui me consumait continûment et sans mots, menaçant l'intégrité de mon esprit. Cet état, aujourd'hui je ne sais pas le décrire, ou mal, je me souviens que j'avais l'impression de manquer d'air jusqu'à la folie, je m'en souviens mais la sensation à présent est décharnée, sans contenu concret, sans vocable qui puisse en donner une image exacte. Je ne peux donc, pour décrire par approximation cette extrême souffrance, que la comparer à la détresse respiratoire (à ce que j'en imagine). Oui, je me sentais dans la détresse, et la seule chose qui aurait pu me sauver, c'eût été Ellénore elle-même, Ellénore qui était la cause et le remède et qui se contentait de répondre succinctement à mes messages, trop occupée, disait-elle, par ses photos d'extérieur, elle se déplaçait beaucoup, elle passait son temps à attendre une lumière favorable, elle était dans le Sud, elle m'infligeait le silence et comment protester ? Je relisais sans cesse ses petits mots parcimonieux en essayant de saisir leur sens profond, avec l'espoir qu'ils révéleraient exactement, pourvu que je sache les interpréter, l'état et la couleur de ses sentiments, ses intentions, négligeant ce que je n'ignorais pourtant pas – combien, dans la vitesse de leur rédaction, dans leur brièveté, les mots et les tournures disent mal la vérité et à peine les faits.

Au bout d'une semaine, à moitié fou d'angoisse, d'insomnies et d'alcool, je retournai dans les milongas en espérant une rencontre. Il me semblait que si je réussissais à m'intéresser à une autre femme, je tromperais ma douleur. Bien sûr j'en trouvai une, jeunette belle à souhait, plus belle qu'Ellénore peut-être, une débutante trop heureuse de retenir enfin un cavalier attentif et patient, que je fis danser deux soirs de suite avant de l'entraîner dans une chambre d'hôtel. Pendant quelques heures je ne pensai presque pas à ma souffrance. Ma conquête n'était pas farouche, elle voulait s'amuser en attendant le grand amour, le « pour-toujours », disait-elle, qu'elle saurait bien reconnaître à l'heure dite – à quoi ? – à des signes certains – lesquels ? – elle les ignorait pour l'instant mais ils lui sauteraient aux yeux – en attendant, Patricia se montrait merveilleusement gaie au lit et j'acceptai très volontiers le rendez-vous qu'elle me proposa pour le lendemain.

Je l'avais à peine quittée, la laissant endormie dans l'hôtel où je n'avais pu me résoudre à passer la nuit à ses côtés, que la pensée d'Ellénore revint me tourmenter et, au matin, je n'étais plus certain d'avoir envie de la retrouver le soir. Pourtant, dans les cent pensées confuses et toutes douloureuses qui m'accablèrent le jour durant, la pensée de la revoir m'offrit une diversion et je me rendis à la milonga comme on va chercher un souffle d'air frais dans l'entrebâillement d'une fenêtre. Patricia était très joyeuse, danseuse maladroite sur ses grandes jambes de sauterelle mais pleine de bonne volonté, et quand enfin nous fûmes retournés dans notre hôtel, c'est sans impatience que nous nous déshabillâmes. Sans impatience, hélas, au point que, comme une mouche discrète mais entêtante, voletait l'inquiétude de ne pas réussir à la désirer assez pour la reprendre honorablement. Si j'avais moi aussi de la bonne volonté, l'ardeur me manquait. Je la fis parler de sa thèse en cours sur l'économie du Sud-Est asiatique, elle s'intéressa à ma maison sur pilotis, j'allai commander deux verres de vin à la réception, nous entendîmes un couple faire l'amour dans une chambre voisine, voix délicieuse d'une femme qui jouissait doucement, par à-coups, avec un vibrato d'oiseau de nuit – enfin, l'excitation de la nouveauté aidant, je parvins à peu près à tenir la promesse de cette retrouvaille.

À notre troisième rencontre, elle m'annonça que je risquais de la faire souffrir – ne me dis pas que tu as senti les signes du pour-toujours ? – peut-être – c'est impossible – je ne te plais donc pas du tout ? – tu me plais beaucoup, mentis-je, mais je suis amoureux d'une autre – alors espaçons nos rencontres, proposa-t-elle avec bon sens. Tandis que je la raccompagnais, nous parlâmes d'amour. Elle déclara être née trop tard, ou que l'époque ne lui convenait pas, qu'elle s'y sentait muselée car obligée de se conduire comme une amazone intrépide alors qu'elle désirait simplement une vie à deux, faire les courses, choisir les fruits ensemble, négocier la couleur du vin – mais si je le disais, j'aurais l'air cruche, démodée, vieux jeu, alors… alors je reste brave, voilà. Mais comme il faut se taire, hein ? Nous nous quittâmes bons amis.

La pollution s'aggravant, l'air devenait chaque jour plus asphyxiant et Ellénore ne revenait pas.

VI

Ellénore ne revenait pas puis Ellénore revint. Ou plus exactement, elle me convoqua à Marseille où elle achevait son reportage. J'arrivai le soir même. Dans le petit hôtel au début de la Corniche où elle m'accueillit, la chambre était modeste mais son « paysage emprunté », son *shakkei* – comme disent les Japonais des ouvertures visuelles que ménagent leurs jardins –, lui conférait un luxe inouï : sa fenêtre surplombant directement la mer offrait toute la rade au regard. Nos bouches se cherchèrent à peine et notre baiser attisa une foudre. Je pris Ellénore, ruisselante, debout contre la vitre, et notre jouissance aussi rapide que violente provoqua son sanglot et le mien. Puis, sur le lit où nous reposions, nous laissâmes venir la nuit en silence. Nos larmes avaient dit notre désarroi, pourquoi ajouter de vaines paroles ? Son corps près du mien me semblait tout un monde dont je ne me rassasierais jamais assez – quel sentiment d'infini me donnaient sa chair et mon désir de sa chair, quels territoires immenses sa gorge, son avant-bras, le creux de son genou, quelle merveille son téton, quelle volupté sa voix ! Après l'avoir caressée jusqu'au plaisir, je m'enfouis une nouvelle fois en elle, car nulle part je n'étais mieux qu'en elle – lové, assujetti, reconnaissant. Le désir suppléant à la fatigue, je jouis une deuxième fois quand elle cria – presque toujours mon plaisir venait du sien, je m'affolais de ses extases, je les cherchais par tous les moyens que mon sexe, ma bouche et mes doigts me laissaient concevoir, et elle y consentait, comme elle y consentait, Ellénore abandonnée, Ellénore savante, Ellénore brûlante !

Affamé, je la suivis dans les ruelles derrière le Vieux-Port, jusqu'à un café où deux guitaristes jouaient un jazz très doux et où l'on nous servit du vin blanc et des petits poissons frits. Je crois que nous étions très heureux et très malheureux à la fois. Ce serait du reste l'humeur des trois jours que nous allions passer dans cette ville presque inconnue de moi et qui a gardé depuis un charme d'autant plus puissant qu'il est teinté d'une profonde mélancolie. Pendant qu'Ellénore se rendait sur les lieux qu'elle devait photographier, je lisais ou explorais la ville, ses quartiers nouveaux, et je fus ébloui par son musée couvert de dentelle noire, posé devant la mer. J'admirai l'élégante passerelle de béton, lisse comme une peau, qui le relie au fort Saint-Jean – et ce continuum de l'ancien et du contemporain me parut une suggestion pour mon existence : pourquoi ne pas réussir – mais comment ? – à conserver les deux femmes que j'aimais, pourquoi choisir, c'est-à-dire renoncer ? C'est pendant cette promenade au Mucem – je revois exactement l'esplanade où je marchais, la mer d'un bleu minéral, la lumière abrupte – que me vint l'idée idiote que le ver des mots était depuis longtemps dans le fruit de l'amour : l'Une, ainsi que j'avais baptisé ma compagne, n'appelait-elle pas tout naturellement… l'autre ?

Je me souviens de nos promenades le long des quais déserts et poussiéreux de la Joliette qui m'évoquèrent certains rêves angoissants, vieux comme mon enfance (de ces rêves grinçants où l'on marche indéfiniment le long d'avenues délaissées, sous des lumières pâles et souvent nocturnes), je me revois, devant un immeuble en chantier, photographiant avec mon téléphone un panneau qui figurait un casque stylisé accompagné de l'opportune consigne *Protection obligatoire de la tête*, Ellénore m'invita dans des gargotes devant la mer, je l'invitai dans un restaurant sous les platanes et dans un autre au creux d'une petite calanque, dans la rue elle échappait sans cesse à mon bras qui voulait l'enlacer au point que j'y renonçai la plupart du temps, nous nous baignâmes malgré la fraîcheur de l'eau et en riant beaucoup, elle m'offrit des panisses à l'Estaque et me conduisit à travers le quartier du Panier où je photographiai un graffiti suggestif, *Montons à l'assaut du ciel*, ce que nous fîmes – l'amour jusqu'à l'épuisement.

Comme elle devait encore prendre quelques photos dans l'arrière-pays, je rentrai. En quittant l'hôtel elle me dit Belle parenthèse, d'un ton que je ne sus interpréter. Le voyage de retour fut très sombre.

Lorsque je la retrouvai, l'Une ne m'interrogea pas sur mon voyage – j'avais prétexté le remplacement au pied levé d'un collègue dans un jury de concours d'architecture, disant que je resterais un peu plus pour « respirer » et visiter les nouvelles constructions. Voulait-elle, suprême élégance, m'éviter un mensonge ? On ne sait pas ce que l'autre sait. Ni ce qu'il est prêt à savoir. Pouvait-elle, si fine, si sensible, si proche de moi, n'avoir rien perçu de la présence d'Ellénore dans ma vie ? Grand mystère de la psyché : elle savait tout certainement, mais son esprit ne voulait rien admettre, et un instinct de sauvegarde empêchait que ce savoir parvînt à sa conscience claire. J'espérais parfois qu'elle aussi avait un amant. Depuis ma rencontre avec Ellénore, nous n'avions plus de commerce charnel et elle ne réclamait rien. Nous étions toujours aussi unis, aussi liés, mais les corps ne se touchaient plus sinon pour des gestes de tendresse, baisers du matin ou de retrouvailles, enlacements affectueux, caresses distraites. D'étreinte jamais plus. Je m'en étais d'abord à peine rendu compte, tout occupé à fêter le corps d'Ellénore, puis, quand je réalisai que plusieurs semaines étaient passées dans cette abstinence, je m'en tins, comme l'Une, à ce silence commode qui accompagne sans doute tous les couples usés. Car dire quoi ? Poser quel problème insoluble ? Ma chérie, le désir nous a quittés ? Et qu'y pouvions-nous ? Aurait-il fallu recourir à ces nouveaux sorciers des temps modernes, les sexologues qui prétendent, comme les marabouts aux sorties du métro Château-Rouge, restaurer le désir ? « Grande puissance, capable de résoudre tous vos problèmes d'amour, il courra derrière vous comme un chien après son maître, les ennuis qui vous paraissent désespérés etc. seront terminés, paiement après résultat… » Rien de plus mort qu'un désir mort de mort naturelle, et le nôtre s'était exténué comme une source se tarit, nous n'y pouvions rien, son temps était passé pour nous deux, comme il passe pour tous, tôt ou tard. Mais l'admettre, dans un monde où le désir était enfin devenu la raison de l'amour, la raison de se lier, où le moindre kiosque chantait sa louange sur cent couvertures de magazines, où la bonne santé psychique lui était attribuée, l'admettre pour nous qui étions les enfants d'un siècle ayant vu, pour notre plus grand bonheur, sa reconnaissance et son exaltation, c'eût été prononcer des mots irréparables, c'eût été renoncer à notre couple. Nous ne le voulions pas. Nous nous tûmes donc, complices à peine honteux dans ce non-dit qui permet aux liens anciens de durer, parce que l'amour ne sait pas encore inventer d'autres formes d'union que la conjugalité.

Ellénore m'était revenue mais elle était changée. Quelque chose s'était perdu, bien que je ne me le sois pas tout de suite avoué. Je redoublai d'amour et voulus croire que *la situation se rétablirait*, mais en réalité je n'étais pas dupe et l'angoisse, nichée au fond de la joie, devint mon ordinaire. On dit que les femmes sont tendres – belle sottise : aujourd'hui je ne parviens plus à me souvenir si, hormis lors de notre première rencontre, Ellénore m'avait jamais embrassé ailleurs qu'au lit, ou si c'est à cette époque qu'elle décida (si tant est que ce genre de chose se *décide*) de réserver ses baisers délicieux à l'étreinte. Le fait est qu'elle ne m'embrassait à aucun autre moment, et je dois raconter cette anecdote d'une violence extrême lorsque, un jour où nous étions assez joyeux et que, pris d'un mouvement de tendresse je tendis les lèvres vers elle, elle repoussa mon baiser. Quand je lui murmurai, stupéfait, Tu refuses mon baiser ? elle répondit avec, je crois, un petit sourire gêné, Eh bien oui, c'est… c'est ma liberté. J'en fus durablement affecté, comme d'un enfantillage regrettable qui la diminuait à mes yeux et révélait un grand ressentiment.

Ce ne fut pas le seul symptôme d'un malaise entre nous. Ellénore savait bien ce que représentaient pour moi nos étreintes, nous avions souvent évoqué le fait que je me sentais depuis longtemps incapable de faire l'amour autrement que dans et par l'amour. Lorsqu'on vieillit, le désir devient exigeant – on connaît trop la chanson, on l'a si souvent entonnée qu'on ne se contente plus d'une intensité médiocre, il faut que la rencontre d'un corps-esprit soit un événement et qu'on soit emporté, sinon à quoi bon ? Ellénore savait qu'en la prenant je la prenais tout entière, comme je me donnais à elle tout entier. Elle commença pourtant à insinuer que je ne m'intéressais qu'à son corps, ce que tout mon comportement démentait, et au fil des mois, l'expression de mon désir devenant de plus en plus contrainte et comme intimidée par la crainte qu'elle m'en fasse reproche, j'étais presque content quand la tristesse ou les circonstances éteignaient ma convoitise – comme si cette continence me lavait du soupçon de ne penser qu'à la prendre. Alors qu'auparavant je la caressais sans cesse et tout naturellement, la serrais dans mes bras, jouais avec les mots, les suggestions, lui signifiais mon désir toujours en alerte – dans cette familiarité des corps qui s'appellent et savent exulter ensemble –, voici que je devenais emprunté, embarrassé par mon enthousiasme charnel. Cela me parut folie de sa part, comment pouvait-elle se résoudre à abîmer un mouvement si puissant, si électif – c'était elle et aucune autre, mon peu d'appétit pour Patricia en témoignait –, un mouvement si profondément associé à mon amour ? Je devinais que c'était sa manière de me combattre – et de me blesser. À ce jeu elle gagnait à chaque coup mais le risque était grand de tout perdre. Je crois maintenant que d'emblée elle accepta, et peut-être même souhaita, ce lent sabordage.

Elle se mit donc à insinuer que j'étais un prédateur, un opportuniste qui ménageait la belle chèvre et le chou délicieux. Le croyait-elle vraiment, ou n'était-ce qu'une manière de signifier un reproche plus général ? Bien sûr j'étais en faute : je mentais à l'Une, je ne satisfaisais pas Ellénore, je bricolais. J'en étais bien puni puisqu'elle m'expulsait de la joie – je ne trouve pas de plus juste expression, je me sentis comme expulsé du paradis. Drôle de mot ! C'est le paradis pourtant cet état où le bonheur est si grand qu'il annule toute question, où l'existence n'est plus qu'une évidence, générale et instantanée, déployée sous la forme de la joie – de la justesse. Car il était impossible, pensais-je confusément les premiers mois, que tant de joie ne fût pas *juste*, et je dirais, si j'osais, philosophiquement juste. Le sens de la vie m'était donné dans ce sentiment d'être vivant, tellement vivant – rien ne pouvait être faux ou mauvais dans ce qui provoquait en moi un état si puissant et si beau.

Cependant Ellénore devint réservée. Il m'est difficile d'expliquer avec précision comment se manifestait cette réserve, par quel geste ou quelle parole, mais un fossé se créait lentement entre nous. Lorsque nous dînions chez elle, elle m'accueillait toujours avec un repas soigné, j'apportais de bons vins, elle choisissait la musique que nous aimions et jamais elle ne résistait à mon étreinte, parce qu'elle ne le pouvait pas – elle me désirait, malgré elle. Elle faisait donc bonne figure mais l'image qui s'imposa alors à moi pour décrire notre relation fut celle d'un oiseau voulant prendre son envol et qu'une main de fer retient au sol. Elle était aimable tout en brisant minutieusement et comme sans le vouloir chacun de mes élans. Alors qu'au début nous savions nous enchanter des connivences avec l'entour ou de la moindre circonstance – telle lumière miraculeuse, telle image évoquant drôlement quelque chose de nous, tel joli café au décor inattendu, telle exposition de photos admirée ensemble –, désormais elle se fermait et refusait la complicité poétique. Tous les amoureux connaissent cette métamorphose qui fait du monde ordinaire un lieu soudain enchanté, bruissant de signes pour eux seuls perceptibles, un lieu *réjouissant.* Les choses les plus anodines, sélectionnées par leurs deux regards, sont l'occasion d'une réinvention du monde qui devient *leur* monde. Mille détails insignifiants pour les autres leur sont précieux, tissant des réseaux de souvenirs immédiats, de complicités légères et multiples, de liens charmants ou drôles. J'étais amoureux. Mais Ellénore ne voulait plus consentir à cette poésie, à cette proximité des regards. Et comme j'aurais aimé qu'elle soulignât quelque chose de moi qu'elle appréciait, ma bouche, mes mains, ma façon d'embrasser, un tic de langage, ma manière de préparer une sauce – une manie quelconque ou un trait, une particularité minuscule, non qu'aucune me parût en elle-même admirable : mais je savais qu'ainsi se marque l'amour, dans cette élection d'un petit rien qui n'a de valeur que d'être intimement attaché à l'être aimé. Ellénore ne soulignait plus jamais rien, ne semblait plus jamais rien regarder de moi avec ces yeux-là, Ellénore dont je n'ignorais pas à quel point étonnant elle observait et retenait les moindres détails de la réalité autour d'elle...

On m'objectera que non, je ne la prenais pas tout

entière, que je réservais moi aussi quelque chose que je donnais à l'Une. Mais si, si, je la prenais toute, je le jure. L'amour, ce sentiment si divers, si vaste, si trouble, n'est pas un écrin constitué de formes prémoulées et solidaires, désir, conjugalité, partage intellectuel et exclusivité. Pourquoi n'accorder de valeur qu'à notre vieux modèle du couple monogame ? Qu'on en pense ce qu'on voudra : j'aimais Ellénore tout entière et mon amour n'avait que faire des modèles.

Pourtant je dus admettre la modification de notre lien : Ellénore était entrée dans une colère sourde et inexprimée qui me faisait souffrir la plupart du temps que je passais loin d'elle et que, près d'elle, j'essayais d'ignorer. Aujourd'hui, songeant à cette époque, je me représente cette colère comme un rictus transparaissant derrière son sourire forcé. Je me sentais soudain très seul. À présent, l'Une s'absentait souvent et je me repris à espérer qu'elle avait un amant, espoir d'autant plus vif qu'était monté en moi, lentement, depuis que le lien avec Ellénore avait commencé à devenir douloureux, un sentiment nouveau, un tracas : dans le malheur, ma conscience – disons *conscience* – ne me laissait plus si tranquille.

J'ai toujours cru, je l'ai dit, que la joie était la réponse qui annule toute question sur le sens de la vie. Je sais trop combien l'interrogation sur la valeur de l'existence provoquée par la mélancolie n'est qu'illusion : quand on est heureux, la vie va de soi, on la prend, on la traverse, on est dedans, alors que la position de pure extériorité qu'impose la mélancolie nous transforme en spectateurs réticents. Je découvris qu'il en allait de même avec la morale. Tant que j'étais pleinement heureux avec Ellénore, je ne me reprochais pas (pas trop) le mensonge par omission que j'avais installé dans ma vie. La joie était la réponse à mon bricolage. Elle justifiait tout. Quand fut venu le temps des tourments, je me mis à reconsidérer mes arrangements : que signifiait de mentir à une femme dont je partageais les jours, si proche, si aimante, si noble ? Je fus saisi par le soupçon d'être devenu un imposteur de l'amour et ne me satisfis pas de songer que par mon silence je la préservais de la souffrance. Je mentais. Eh bien, argumentai-je avec moi-même, ne fallait-il pas admettre que la morale s'arrête aux affects ? que leur exaltation, à l'échelle d'une existence, est beaucoup plus importante et précieuse qu'elle ? Cependant, la morale, qui régit le lien à autrui, n'incarne-t-elle pas ce valeureux effort de la conscience qui s'impose aux affects, malgré qu'on en ait ? N'est-elle pas supérieure à l'amour et au désir puisqu'elle permet de vivre dans la loyauté mutuelle et, à ce titre, n'est-ce pas elle qui doit commander nos décisions ? Parfois je me figurais la stupeur de l'Une découvrant ma liaison, et cette image m'accablait. À qui, à quoi faire confiance si le plus proche même n'était pas fiable ? Mais je finissais toujours par congédier ma préoccupation en me disant que *je verrais plus tard.*

Un jour que nous nous étions querellés avant mon départ parce que je m'étais plaint de sa froideur, qu'elle niait, Ellénore m'envoya un texto qui disait *« Un poirier qui porte des pommes est un autre arbre. » Michaux. Tu te trompes sur tes sentiments.* Elle pointait ce qu'elle percevait comme mes contradictions.

Ah ! Que veut un homme ?

VII

Que veut un homme ? Bien maligne qui le dira. Le sais-je, moi-même ? Je répugne à parler pour tous, mais je ne nous crois pas simples brutes assoiffées de chair féminine, égoïstes seulement préoccupés d'eux-mêmes, obsédés de pouvoir et incapables de retour sur soi (même si je connais et regrette notre difficulté à parler de l'intime)... Il est bon et juste d'avoir mis en lumière la sujétion millénaire des femmes – on me compta toujours parmi les féministes convaincus –, mais certaines ont fini par réduire l'engeance masculine à une série de caricatures : tueurs, violeurs, soldats, à peine contrariés. Que ne voyaient-elles au fond de moi ! Je me sentais si fragile, si vulnérable. Je voulais qu'Ellénore m'aime et me cajole, je voulais respirer son air, je voulais me lover au chaud dans ses pensées.

Mon désir était un chemin pour accéder avec elle au nu intérieur.

Au printemps, l'étrange beau temps revint et avec lui une intense pollution. La préfecture avait décidé d'interdire la circulation dans la journée et je ne me déplaçais plus qu'à pied, tout étonné de m'accoutumer si vite à une ville sans voitures, marchant sans cesse pour m'apaiser et pour, seul dans la foule, regarder tout mon saoul Ellénore en moi, car j'étais plein d'elle comme une coupe débordant. Certains soirs nous allions danser dans des milongas sauvages au bord du fleuve et elle prenait de belles photos – danseurs fantomatiques éclairés par les derniers bateaux-mouches, arbres en promesse de feuillage, entremêlements savants de jambes sur des reflets d'eau noire –, elle s'enchantait de nos heures d'errance nocturne dans la ville, en sueur, éreintés et joyeux, enfantins – belle amante, ta culotte sentira si bon tout à l'heure – qui te dit que j'en porte ? – ah, c'est donc pourquoi tu as l'air si nue –, puis, dans la chambre rouge, nos étreintes alenties par la fatigue faisaient lever en moi un bonheur déchirant. Il était impossible qu'elle ne fût pas sensible à l'extrême beauté de ces instants. Pourtant elle ne les commentait jamais et souvent, au matin, je la trouvais distante et comme pressée de me voir partir – mais peut-être était-ce simplement que, déraisonnable, j'aurais aimé m'attarder. Dès la rue j'envoyais un texto, *Tu me manques déjà*.

Elle me manquait tout de suite et en même temps, éperdu, constamment préoccupé par sa colère sourde, j'étais devenu incapable d'estimer à quel point je l'aimais. Si, au lieu d'éprouver une inquiétude qui me brouillait la vue, j'avais été serein, j'aurais pu mesurer le degré de mon amour (je dis *amour* pour aller plus vite). Alors que je ne pouvais songer qu'au sien dont le manque, au lieu d'affermir mes sentiments, les rendait incertains et comme maladifs. Les jours où je me sentais suffisamment heureux, je me disais qu'il existait une solution, la plus *juste* peut-être, qui ferait cesser l'inquiétude et fixerait le bonheur : quitter l'Une. Mais dès que je commençais à caresser cette perspective, le baiser refusé ou dix autres petits faits accablants venaient me tarauder : et si Ellénore était fondamentalement froide ? si sa manière distante révélait son véritable caractère ? Et puis – je ne voulais pas m'y attarder ni faire de comparaisons avec la belle égalité d'humeur de l'Une –, j'avais bien observé qu'elle se plaignait souvent, j'avais parfois l'impression qu'un rien pouvait l'irriter, je connaissais déjà par cœur sa petite moue d'agacement... Je me croyais responsable de ces attitudes déplaisantes – mais si je n'en étais pas la cause et seulement le prétexte ?

Dans les moments d'optimisme, il m'arrivait de m'imaginer vivant à ses côtés et cette nouvelle existence, dans mon songe, se présentait comme une longue suite de délices. Toutefois j'achoppais toujours sur la même interrogation – pouvais-je envisager de perdre l'Une ? Quel rêve pourtant ! Ellénore comblée s'y révélait tendre, souriante, attentive, gourmande... Ah, qu'aurais-je fait si, au lieu d'en être réduit à me poser moi-même la question, elle avait exigé que je quitte l'Une ? Je ne sais. Pas sûr que j'aurais résisté. Mais, peut-être par orgueil, ou parce qu'elle n'avait pas le courage de courir le risque d'un refus, elle ne réclamait rien, ne proposait rien, et j'étais trop content d'un silence qui m'arrangeait. *On verrait plus tard.*

Je dois avouer un sentiment cependant, plus confus que je ne vais le dire et qui fut, je crois, secrètement décisif. Depuis quelque temps – je n'aurais su préciser quand le phénomène avait commencé à se manifester –, dès que j'allumais mon ordinateur ou mon téléphone et qu'y apparaissait la date du jour, il me semblait qu'elle correspondait à un anniversaire dont, bien qu'y réfléchissant intensément, je ne me remémorais pas le motif. Pourquoi cette illusion ? Parce que j'étais devenu vieux. Oh, pas si vieux, bien entendu, mais au bout d'un certain temps de vie, on a l'impression que tout a déjà eu lieu, que tout ne peut que se répéter, ou du moins qu'il n'est plus une date vierge de quelque souvenir capital. J'ignore si je me fais entendre. J'avais déjà tant vécu que chaque jour aurait pu ou dû me rappeler quelque chose. Je ne sais où dans Michaux, *notre* Michaux, j'avais lu, avec un serrement de cœur, que « la jeunesse, c'est de ne pas savoir ce qui va arriver ». J'avais peut-être rencontré Ellénore trop tard. Malgré mon amour et mon ardeur, je connaissais déjà la suite de l'histoire avec ma belle amante – notre désir fléchirait, il s'éteindrait progressivement, sans éclat, sans violence, comme se consume un feu au fil de la nuit. Un jour nous n'aurions plus de hâte, plus de brûlure, et au lieu d'être pleins l'un de l'autre, nous serions, chacun, pleins de nous-mêmes, affectueux, tranquilles. Alors, à quoi bon ? S'il fallait en arriver à la même usure, à toute autre je préférais la vie avec l'Une.

Tout ceci, je le reconstruis aujourd'hui et j'accorde peut-être trop d'importance à une pensée qui, à cette époque, était inextricablement mêlée à d'autres et empêtrée dans toutes sortes de craintes et de tracas divers. En réalité je ne songeais guère à l'Une, trop attentif aux humeurs et aux messages d'Ellénore, guettant le grelot de mon téléphone qui m'indiquerait qu'elle m'attendait, que je devais venir – ou plutôt, qu'elle consentait à ma venue. Je lui envoyais des mots spirituels, des photos amusantes, j'essayais de recréer des connivences – sa colère faiblissait parfois, ou bien j'en perdais conscience, puis elle revenait. Nos étreintes changèrent aussi. Nous nous prenions avec rage, dans un élan que nous disions pornographique, cherchant la crudité avec outrance, ou peut-être désespoir, nos gestes étaient sauvages, nos paroles brutales, son sourire avait laissé place à un regard grave, concentré, provocant, elle me soufflait d'une voix rauque Baise-moi et me livrait tous les accès de son corps, je la voulais plus nue que nue, entièrement ouverte, elle exigeait que ma jouissance pourtant scrupuleuse n'obéît qu'à son tempo, elle s'offrait comme pour la dernière fois, ne me disant jamais plus qu'elle m'aimait mais ruisselant, avide et délicieusement indécente. Nous approchions souvent le nu intérieur (ou moi seul ?). Je voulais croire que notre violence valait déclaration et que ces étreintes, belles comme des bouches de volcan, me l'attacheraient pour longtemps.

Je ne fis jamais autant d'exercice qu'alors. Au réveil, mouvements des bras avec petites haltères, pompes, abdominaux. Je visais le ventre plat de mes vingt ans et je dois dire que je n'en fus pas loin, d'autant que j'avais beaucoup minci. Deux fois par semaine au moins, piscine – laquelle m'était d'ailleurs aussi nécessaire que la marche pour combattre la tension psychique. Je voulais être beau pour elle, je voulais la séduire, et chaque contraction de mes muscles lui était destinée. Je savais qu'elle m'aimait en chandail noir, j'en achetai plusieurs. Malgré la chaleur, je ne sortais jamais sans le foulard bariolé qu'elle m'avait offert à Marseille. Et même si je ne savais pas ce qu'elle pensait des blousons, les estimant plus virils que mes vestes je me mis à en porter. Ces soins n'étaient certes pas dépourvus de quelque ridicule… mais puisque j'étais insatisfaisant, je voulais devenir irrésistible (j'aurais voulu).

Un jour que nous devions, comme chaque début de semaine ou presque, nous retrouver le soir pour danser puis passer la nuit ensemble, elle m'écrivit qu'elle ne se sentait pas l'esprit au tango car elle devait terminer sa comptabilité (plus exactement, elle dit « faire ma compta », expression qui, chaque fois que j'y repense, me fait horreur). Je proposai de la rejoindre plus tard. Elle refusa. J'insistai – la détresse menaçait –, elle persista dans son refus.

J'allai quand même à la milonga et je voulus faire plaisir à Maryse qui portait un nouveau turban plein de fantaisie. Mais le tango s'accommode mal d'un cœur préoccupé, la danse dépend de l'état intérieur, elle demande concentration et, si possible, assez de joie pour entraîner le corps. Maryse me reconduisit à ma place avant la fin de la *tanda* – rien à faire, tu n'es pas avec moi – pardon – tout pardonné, l'intention y était. J'aurais voulu m'étourdir mais comment ? Je traînai. Arriva un ancien confrère que j'estimais beaucoup, S***, architecte à la retraite qui avait eu le courage et le culot de se mettre au tango sur le tard et dont la maladresse était compensée par l'allure élégante. Nous bavardâmes en regardant les danseurs tourner, sourire aux lèvres et regard absenté par leur dialogue intime, les jambes des femmes virevoltaient comme des foulards de soie, et je ne sais plus pourquoi je lui racontai une fantaisie qui m'avait occupé quelques années plus tôt, une évocation poétique du phare d'Alexandrie – une des Sept Merveilles du monde ? tu y allais fort ! Je la lui détaillai avec ferveur, comme si Ellénore pouvait m'entendre : j'avais toujours été fier de ce projet et je parlais, je crois, en adressant un secret reproche à l'absente – hé, toi avec ta *compta*, vois donc comme je suis un type intéressant ! Le phare avait été bâti au IIIe siècle avant J.-C. et, sous l'action des séismes et des raz-de-marée, il s'était définitivement effondré au XIVe siècle. Comme on en connaissait à peu près les dimensions et la forme, je m'étais proposé d'utiliser le fort Qaitbay, qui s'élève à son emplacement, pour en faire surgir, à cent mètres du sol et retenu par trois câbles, un ballon de six mètres de diamètre, gonflé à l'hélium et surmonté de panneaux réfléchissant la lumière par intermittences, avec des balises pour figurer les deux niveaux du phare primitif. S*** sourit – on dit les architectes préoccupés d'érection, eh bien toi tu vas droit au but, un phare, beau symbole ! – une fantaisie, je n'espérais pas gagner le Pritzker avec ça – c'était une idée très charmante, tu l'as soumise ? – elle a intéressé sérieusement le gouverneur d'Alexandrie, vers l'année

2000, mais le fort Qaitbay était devenu une mosquée et les islamistes commençaient à faire parler d'eux, il y a renoncé. S*** hocha la tête, les projets inaboutis, un architecte connaissait ça. Puis nous discutâmes tango. Il me dit à quel point cette pratique, adoptée depuis la mort de sa femme, avait changé sa vie – je sors, je rencontre des femmes, j'en séduis quelques-unes, qui l'aurait cru ? – tu n'as jamais dû manquer de conquêtes pourtant – détrompe-toi, je suis resté à peu près fidèle à ma femme pendant presque quarante ans – c'est beau – c'était peut-être une folie. Maintenant j'ai l'impression d'avoir entamé une nouvelle existence, tellement plus intense, malgré les râteaux fréquents – tu regrettes ta loyauté ? – difficile à dire. J'ai vraiment aimé ma femme, est-ce qu'il aurait fallu s'ouvrir à d'autres désirs ? et comment faire dans notre couple alors ? – j'allais te poser la question – aucune idée, elle n'aurait pas toléré des infidélités, pas plus que moi du reste. Mais j'ai la conviction qu'en général on manque d'imagination et qu'on renonce trop facilement à faire jubiler la chair, je m'en suis peut-être aperçu trop tard… J'aurais voulu prolonger la conversation, cependant S*** avait repéré une danseuse dans ses moyens et il s'excusa – il faut ériger, cher, il le faut tant qu'il est encore temps, crois-en un vieil architecte, me souffla-t-il en secouant sa belle chevelure blanche. Il était très bien ton projet de phare.

Ellénore fut invisible plusieurs jours (la compta !). Quand je la retrouvai, dans l'état d'un homme altéré par une longue soif et veillant à n'en rien laisser paraître, elle se montra si charmante que j'en fus désarmé. Je lui parlai de mon nouveau contrat (la restauration d'une tour d'habitation corse du XVIe siècle), elle me décrivit ses déboires avec le logiciel de comptabilité, nous évoquâmes le temps et la pollution (sujet inévitable), elle me fit rire (cette délicieuse et adolescente habitude que nous avions prise d'emblée de nous raconter des histoires drôles), elle réussit à me faire oublier le tourment des jours précédents – je n'osai toutefois l'attirer vers le lit et c'est elle, rieuse, qui m'y invita. On imagine comment j'y consentis.

En allumant la lampe de chevet, après une étreinte éperdue où j'avais mis tout mon désir, je remarquai la trace d'un verre de vin sur la tablette blanche qui courait à la tête du lit. Malgré la petite déflagration dans la poitrine, je pris un air dégagé – tu bois du vin seule dans ton lit maintenant ? – jamais – jamais ? Alors cette marque ? Elle se tut un instant, puis, jetant à peine un regard sur ce que je désignais, elle dit lentement, avec un sourire amer, Quel culot… Tu crois que tu as le droit d'être jaloux ?

Ainsi fut inaugurée une ère nouvelle où un personnage qui m'était mal connu, la jalousie, s'imposa en tiers entre Ellénore et moi. Outre que, conformément à l'opinion prévalant depuis les années d'*émancipation*, je tenais ce sentiment pour une faiblesse indigne du vœu de liberté de ma génération, je n'avais pas une nature inquiète et il ne m'était jamais arrivé de suspecter sans raison mes partenaires. Mais, que j'en aie eu le légitime droit ou pas du fait de *ma situation* (c'est par ces deux mots, en italique dans mon esprit, que je décrivais ma double vie), je ne pouvais endurer l'idée que le puissant désir, si électif, si entier, qui me liait à Ellénore, ne fût pas partagé avec le même degré d'intensité, et donc d'exclusivité. La découverte de la marque de verre, qui venait confirmer le vague soupçon des jours précédents, me rendit physiquement malade. Ellénore pouvait donc trouver du plaisir et du désir avec d'autres ? Je fus obligé de la quitter sur-le-champ, le cœur au bord des lèvres. Je me rappelle la nuit claire et que, hors de moi-même, à moitié fou, le besoin urgent d'une diversion à ma détresse me fit fraterniser avec un clochard magnifique que j'avais souvent croisé dans la rue d'Ellénore et qui marchait sans cesse, d'un pas ferme, très digne, très grave, très seul, enveloppé dans un long pardessus gris. Je peux vous accompagner ? – si tu veux. Nous avançâmes plusieurs minutes en silence, je crois qu'il avait ralenti le pas pour moi. Il me dit Tu as l'air foudroyé – vous aussi – tu peux me tutoyer, entre foudroyés. Il avait un accent d'Europe de l'Est – tu es roumain ? – au contraire. Les visages joyeux des buveurs attardés aux terrasses des cafés semblaient appartenir à un autre monde, dans lequel aucun de nous deux n'avait de place. Nous arrivâmes devant la gare. Je lui offris un verre qu'il accepta comme s'il me faisait un honneur. Nous n'échangeâmes plus un mot, chacun perdu dans ses pensées, et je cheminai longtemps dans la nuit en compagnie de ce double silencieux, plein de gratitude qu'il m'acceptât à son côté, moi, beaucoup plus misérable que lui.

Après quatre jours interminables durant lesquels j'essayai d'assimiler l'inquiétude nouvelle, je reçus un long texto d'Ellénore, *Elle avait éprouvé une envie molle et bizarre d'appuyer sa tête sur l'épaule de cet homme, d'être plus près de lui, de chercher ce « tout près » qu'on ne trouve jamais, de lui donner ce qu'on offre en vain et ce qu'on garde toujours : la secrète intimité de soi. Maupassant.* Je pris cette référence au nu intérieur pour une invitation et je lui proposai une visite. Elle me répondit *Idiot ! Viens.*

Elle fut gentille, un peu moqueuse, très en verve, me racontant sa découverte de *Notre cœur* dont elle avait extrait cette citation, et quand enfin, incapable de me taire, j'évoquai l'existence d'un amant, elle balaya négligemment ma question, ajoutant que la jalousie était un sentiment mesquin et que, par ailleurs, je n'avais aucun droit de regard sur sa vie. Je ne le savais que trop – alors essaie de mettre tes sentiments en accord avec tes idées. Je commençai par protester contre une suggestion aussi extraordinaire – il faudrait être un monstre ou un fou pour y parvenir ! – je ne vois pas pourquoi – parce que précisément les sentiments échappent à la volonté, tu ne peux pas penser sérieusement ce que tu viens de dire, tu te moques. Elle se tut un instant puis, lèvres serrées, elle murmura Est-ce que tu te rends compte de la tristesse de ma vie à cause de toi ? Combien de soirées je passe seule ? Mes amis qui s'étonnent que je n'aie toujours pas de compagnon à leur présenter ? Est-ce que tu t'en rends bien compte ? Un silence flotta. Alors, comme si elle s'était trop découverte, elle se redressa et me lança Mon coco, de toute façon je suis une femme nouvelle : liberté, égalité, sensualité ! Typique de sa tournure d'humour, quelques semaines plus tôt la formule m'aurait enchanté.

VIII

Quelques semaines plus tôt la formule m'aurait enchanté, mais ce soir-là elle me crucifia. Ellénore rit encore, ouvrit deux placards en m'assurant – vois donc ! – qu'ils n'abritaient pas l'ombre d'un amant et me proposa une milonga tardive. Je me rappelle cette femme rousse, concentrée et joueuse, dont le sourire attentif semblait dire à son danseur Oh, coquin, mais à quels tours délicieux m'invites-tu là ? et dont j'enviai le partenaire. Oui, ce fut la première fois, qui serait suivie de bien d'autres, où je me surpris à envier les hommes qui avaient l'air heureux. Le bonheur amoureux d'autrui, qui m'avait toujours paru réjouissant car participant de la grande palpitation positive du monde, me rendait à présent mélancolique. Je dansai comme je pus, Ellénore dansa beaucoup. S*** était là et, ses yeux suivant la direction des miens, il me glissa Très sensuelle ton amie, croyant sans doute me faire plaisir.

À compter de ce jour, appliquant un procédé de sauvegarde intime qui m'avait parfois réussi – réfléchir intensément pour *réduire* les blessures en les exposant sous l'œil intérieur –, j'entrepris de me raisonner de mille façons. Moi qui n'étais pas loin de penser qu'il fallait tout revoir des manières de vivre l'amour et de faire couple, ne devais-je pas, au minimum, accepter la liberté d'Ellénore ? Je ne lui offrais pas ce qu'elle désirait, n'était-il pas naturel qu'elle en vînt à s'étourdir ailleurs, comme moi-même l'avais tenté avec Patricia ? À ce point de mon raisonnement, je butai. Justement, je n'avais pas eu envie de Patricia parce que j'étais trop plein d'Ellénore. Quand le désir-amour est véritablement intense, il ne laisse aucune place pour d'autres partenaires. En réalité je n'avais pas de théorie bien ferme à propos de la jalousie et de la liberté, mais je sentais qu'un désir violent est exclusif, pour la raison quasi quantitative que la totalité de nos ressources est sollicitée par l'être aimé. Qu'Ellénore pût avoir d'autres amants signifiait à l'évidence que son désir n'avait pas la force du mien, qu'il ne l'emplissait pas. D'ailleurs je ne me sentais pas jaloux des autres hommes : j'étais jaloux du désir d'Ellénore.

Il me restait à espérer qu'elle n'avait que des amants « de rétorsion », pour me punir ou me combattre, et je faisais effort sur moi-même pour la croire (j'y parvenais ponctuellement) quand, ne pouvant m'empêcher de l'interroger à cause d'incohérences dans son emploi du temps ou de son comportement, elle m'assurait n'ouvrir son lit qu'à moi. Au passage, je devais endurer les diverses manifestations de sa puissante colère contre mon outrecuidance – *moi*, m'autoriser un droit de regard sur sa vie privée… Mais lutter contre la jalousie impose une violence à ses sentiments qui provoque leur décrue. Pour supporter l'homme, ou les hommes, que je sentais, à cent petits signes certains, être entrés dans la vie (dans les draps) d'Ellénore, je devais me gourmander – tu as une femme, tu as eu cette aventure avec Patricia, tu ne sais pas ce que tu veux… Lourd et coûteux effort d'œuvrer contre ses sentiments ! Parfois, dans mon désastre intime, je croyais l'aimer moins, et perdre mon propre amour me semblait presque aussi triste qu'être privé du sien. Je m'accusais de présomption – n'avais-je pas pensé la garder parce que je me croyais l'amant idéal de cette femme voluptueuse, comme si elle n'en connaissait pas dix comme moi ? Et après tout, que savais-je des autres hommes au lit, de leurs performances, de leurs qualités ? Qu'est-ce qui me certifiait vraiment qu'ils n'étaient pas nombreux ceux qui avaient autant de talent que moi pour donner du plaisir à Ellénore ? Qui pouvait d'ailleurs garantir qu'elle n'était pas tout simplement une femme heureusement disposée ? Petit imbécile se croyant irrésistible parce qu'une belle jouissait dans ses bras, voilà ce que j'étais – pas mieux que les autres coqs. Mais je m'accablais trop, et sans justice : le pouvoir que je rêvais d'avoir sur elle n'était pas plus puissant ni d'une autre nature que celui qu'elle avait sur moi.

Je ne sais plus à partir de quand mes nuits à ses côtés devinrent difficiles. Je suppose qu'il y avait eu un temps où, m'endormant heureux, mon sommeil était tranquille et continu jusqu'à ce que le désir et la joie m'éveillent, mais le souvenir en est trop lointain. Dormir près d'Ellénore était maintenant un supplice parce que sitôt qu'elle – oh, si paisible – s'assoupissait, des idées confuses (ou trop précises) venaient me tourmenter, je me repassais certaines de nos paroles, de ses mimiques, de mes soupçons, et le lit me semblait un tapis de braises où je sentais, avec quelle douleur, que je n'avais pas reçu – je ne recevais plus jamais – mon content de tendresse. Comme je comprenais intimement la formule, trouvée dans le roman de Maupassant qu'elle m'avait fait lire, *ce besoin acharné de tendresse rendue* ! Je devais donc me gorger de somnifères, au point que parfois j'envisageais de renoncer à partager sa couche – mais la quitter dans la nuit eût sans doute été perçu comme un manquement de plus, et du reste je n'étais pas certain d'avoir envie, même pour soulager ma douleur ou mon insomnie, de me priver de sa présence. Quand elle me voyait défait, au matin, elle soulignait avec, je crois, un soupçon de mépris, mon *inquiétude*, ou mon *manque de tranquillité*, comme s'ils étaient de regrettables traits de ma personnalité et non le résultat des cahots de notre relation.

En juin je dus estimer précisément l'état de la tour corse que je devais restaurer et proposer des aménagements. J'invitai Ellénore à m'accompagner. Elle hésita. Je la pressai. Finalement elle consentit. Pendant les jours précédant notre voyage, la perspective de connaître une nouvelle contrée et de retrouver la mer la rendit joyeuse (peut-être malgré elle – ce fut du moins mon impression). Nous fîmes le chemin entre l'aéroport et Morsiglia dans un état d'enchantement. Parsemé de forêts denses, de maquis et de points de vue sublimes, le cap corse avait l'air, sous son ciel puissant, d'être resté intact depuis des millénaires, et nous eûmes la sensation immédiate d'être lavés des miasmes urbains. Ellénore était charmante et je me sentais content comme si j'avais été l'auteur des paysages que je lui offrais. La tour carrée, l'une des trois anciennes tours d'habitation qui s'élevaient dans le village, n'était pas en si mauvais état. Les murs épais avaient bien résisté au temps, il fallait surtout repenser l'intérieur, escalier, cuisine, affectation des pièces, et réorganiser les petites maisons tapies à ses pieds qui en étaient les dépendances. Un jeu d'architecte enfant.

Notre hôtel, dans le village de Centuri, donnait sur la mer, et la terrasse de notre chambre semblait posée au milieu du ciel. Les martinets y menaient grand tapage, remontant à la verticale sous notre nez, à toute vitesse et en piaillant follement, seul élément d'agitation dans le paysage marin brûlant qui se figeait dans la torpeur dès le milieu de la matinée. La saison partout précoce faisait de juin, sous ces latitudes, un plein été.

J'aurais aimé ne raconter que la joie, la beauté sans entraves, les bains dans les criques, le poisson grillé sur le port, le très vieux marin barbu et bavard qui évoquait ses pêches miraculeuses, les chants *a capella*, les éoliennes perchées sur les collines arides et qui n'avaient jamais tourné, les chapelles abandonnées, cette femme formidablement enceinte, debout dans l'eau jusqu'aux genoux, que son compagnon embrassait par-dessus son ventre, et cet autre couple, plus bas que nous dans le maquis descendant d'une antique tour de défense, qui échangeait un long baiser – on s'embrassait donc tout le temps ici ? –, comme pour célébrer la splendeur du monde et de l'amour.

Hélas, Ellénore s'était sentie vaguement malade après notre première étreinte (je me souviens combien notre enlacement avait été ardent, obscène, comme j'écartelais ma belle amante tandis qu'elle me disait Ne jouis surtout pas, je te veux très longtemps, très profondément, et comme, ainsi que tentent tous les amants éperdus, j'essayais, sexe devant, d'atteindre son cœur). Maintenant je me dis qu'elle avait peut-être eu peur, à l'orée de notre séjour, d'éprouver un bonheur qui pourrait augmenter son regret de ne pas m'avoir tout entier… Peut-être. Mais, manquant de recul et trop habitué à être maltraité, j'interprétai sa maladie comme une feinte, une envie sadique de gâcher notre voyage, et fus saisi à mon tour par la colère. C'était donc ainsi qu'elle traitait mon désir de lui plaire, de l'aimer, de lui faire découvrir des paysages ? Incapable de me faire le cadeau d'y répondre, d'accepter ce que promettaient ces jours ensemble et manifestant une nouvelle fois son épouvantable caractère, elle souhaitait me punir encore et encore ? Nous allâmes sur le port, dans les golfes et les chapelles, mais je ne parlai plus, blessé comme d'une injustice et traversant la beauté, les yeux brouillés par le ressentiment.

L'abandonnant chaque matin plus longtemps que prévu, en deux jours j'avais achevé les relevés de la tour et discuté les solutions d'aménagement avec le propriétaire. Si Ellénore ne se plaignit pas de ma négligence, elle ne fit rien pour me ramener à elle. Qu'elle me plaisait pourtant, secrètement, et comme j'aurais aimé qu'elle me lise encore Michaux ou Ghérasim Luca, me montre un sujet digne d'une photo ou me raconte une histoire drôle… Comme j'avais soif de bonheur ! Parfois je la frôlais sans le vouloir : je devinais la commotion qu'en d'autres temps ce contact avec sa chair aurait provoquée en moi. À présent je m'enfonçais dans une mélancolie qui aurait pu me clouer au lit. Le matin du quatrième jour, au réveil, elle me dit doucement bonjour et j'entendis dans sa voix un désir de paix. Comment lui résister ? Ainsi les deux dernières journées passèrent-elles dans l'allégresse retrouvée. Au cours de l'ultime soirée, elle commentait un catalogue du musée Fesch qui traînait sur une table de notre hôtel, remarquant que la collection ne semblait comporter que des peintres de second rang, quand elle lança soudain Ah, il y a quand même un Poussin, puis, le détaillant, elle ajouta très sérieusement Oui, mais c'est un petit Poussin. Elle leva les yeux vers moi, répétant Un petit poussin ! et fut secouée d'un fou rire qu'elle me communiqua et qui nous agita à plusieurs reprises pendant les heures suivantes. Entre nous, le rire marquait toujours le dépôt des armes. Pour un temps.

De retour chez moi, je restai troublé par le gâchis de notre voyage, par la mélancolie qui m'avait durement atteint et menaçait de revenir me tourmenter à la première occasion. Or des occasions, Ellénore savait en fournir. Notre lien était devenu un inextricable mélange de colère et de désir (quoique le sien me parût parfois déclinant – sans que je puisse réellement y croire), et je me sentais si souvent humilié par ses propos violents ou méprisants que, dans cette période, il m'arriva plus d'une fois de partir en claquant la porte. Elle avait fini par se persuader – du moins le disait-elle – que j'étais plaintif, jaloux et intranquille. Était-ce vraiment là mon portrait ? Ou ce à quoi elle m'avait réduit ? Une fois que j'avais osé réclamer un peu plus de tendresse dans ses manières, elle m'envoya un texto lapidaire, *Tu voudrais que je t'aime comme ta mère*. Idée absurde ! Je voulais qu'elle m'aime et sache le montrer, c'était tout – mais c'était trop lui demander. Une autre fois, alors que nous avions merveilleusement fait l'amour, pensais-je, une partie de l'après-midi, elle transforma la merveille en crapaud et se plaignit, le soir, dans un texto que, l'ayant épuisée, je l'avais empêchée de se remettre au travail…

Il fallait admettre qu'Ellénore m'était une nuit. Effrayante constatation. Je ne pouvais rien comprendre d'elle et, de même, je lui étais opaque. Nous nous voyions constamment depuis bientôt un an et pourtant nous étions l'un pour l'autre toujours aussi indéchiffrables. Pires que des inconnus qui, se sachant dans l'ignorance mutuelle, sont disposés à se découvrir, nous avions élaboré une image de l'autre qui nous empêchait de le voir enfin tel qu'il était. *Le voir enfin tel qu'il était ?* Écrivant cela, je dois reconnaître aujourd'hui combien ces belles paroles sont illusoires. Moi-même, « poirier portant des pommes », qui étais-je donc ? Ou plutôt quel était mon cœur ? Que voulait-il ? Comment aimait-il ? Un amoureux contrarié, et donc cherchant à plaire, est-il jamais sincère, c'est-à-dire lui-même – si *lui-même* désigne une identité substantielle et non, comme j'incline à le croire, quelques tendances du comportement activées par le hasard de circonstances toujours changeantes…

Cette alternance de brouilles et de redditions (car je revenais toujours, comment me passer d'elle ?) m'obligea à reconsidérer *ma situation*. N'étais-je pas en train d'interpréter le ridicule mélodrame d'un autre temps, celui des adultères ? Emma Bovary, Anna Karénine – évidemment l'adultère concernait chaque fois des femmes, les hommes avaient toujours eu droit aux escapades amoureuses –, comment était-il possible que j'aie un problème typique du XIXe siècle, moi, fervent moderne ? Je n'avais ni peur de manquer d'argent, comme ces héroïnes assujetties à leur état domestique, ni crainte d'un regard moral aujourd'hui obsolète – alors quoi ? Je redéroulai la bobine : je ne me résolvais pas à quitter l'Une bien que mon sentiment d'amour et d'estime n'inclût plus le feu brûlant du désir. J'aurais dû me séparer d'elle pourtant, puisque la vie en moi exigeait que mon corps-esprit exulte, que l'intensité fût mon allure et le désir ma boussole. Mais je ne voulais pas la perdre. L'aurais-je vraiment perdue ? Je l'aurais certainement perdue. Était-ce si sûr toutefois ou s'agissait-il, comme l'avait suggéré mon confrère S***, d'un simple manque d'imagination ? Non, je n'étais pas Emma ni Anna, j'étais juste un pauvre type bien de son époque, ne sachant ni accepter les séparations ni inventer de nouvelles formes d'union. L'amour sous le règne d'Éros, je savais, nous savions tous ce que c'était, vieille histoire bien connue. Ce n'était pas de ce côté-là qu'il fallait tout repenser mais de celui de Philia, l'amour tendre des Grecs, l'amour non érotisé, celui qui demeure dans les vieux couples. La vérité était que, encore sous le joug du fantasme de l'amour *pour-toujours*, comme le nommait

Patricia, j'avais du mal à imaginer la rupture avec l'Une autrement que comme un échec – l'échec à bâtir ce couple pérenne qui demeurait mon modèle implicite... Tristan et Iseult *for ever*... Or échouer n'impliquait-il pas de trouver un coupable – puisque ça n'avait pas marché, c'était qu'un des deux était fautif –, et donc de se fâcher ? Quelque chose comme ça. Mais si – la douleur me rendait philosophe – la séparation et le renouvellement étaient conçus comme une respiration naturelle de la vie amoureuse, l'Une et moi n'avions aucune raison de nous quereller et nous pouvions, au lieu de nous perdre, entretenir autrement que dans la conjugalité ce lien d'amour tendre qui nous accompagnerait jusqu'au bout – la philosophie me rendait optimiste –, nous nous étions aimés un jour, c'était bien qu'il y avait entre nous matière à nous aimer toujours, pourquoi le sentiment disparaîtrait-il brusquement ? Oui – l'optimisme me rendait audacieux –, de même qu'on avait œuvré dans les années soixante à l'émancipation sexuelle, nous devions tous à présent réinventer les manières de concevoir le couple en prévision de Philia, le lien puissant mais moins ardent, qui supporte un peu de distance, qui ne nécessite pas la vie ensemble.

Je me perdis longtemps dans de vagues conjectures sur cette nouvelle conception du couple qui permettrait de conserver nos liens, sans bien parvenir à l'imaginer. De toute façon, pour ce qui nous regardait, je craignais que l'Une et moi ne fussions pas que *nous-mêmes* dans cette affaire – nous étions les enfants de notre génération, coincés entre les exigences du désir, sa nouvelle promotion, et les représentations anciennes qui ne connaissaient que l'amour pour-toujours et auxquelles il n'était pas certain que nous sachions échapper…

Une après-midi que, nous revoyant plusieurs jours après une violente querelle (elle m'avait encore trouvé trop triste et plaintif, je l'avais trouvée injuste), Ellénore s'était montrée très gaie et bien disposée, je tombai, en me lavant les mains, sur un rasoir jetable dont la lame avait retenu des poils clairs et drus. Elle prétendit qu'un cousin lui avait rendu visite. Nous luttâmes comme des forcenés, elle niant en bloc, et l'amant et mon droit à l'interroger, moi revendiquant de savoir. Épuisés et endoloris, nous étions silencieux depuis quelques minutes quand elle murmura avec une terrible douceur Écoute, nous ne sommes pas heureux, il vaut mieux nous quitter – tu vois, c'est ça, dis-je avec amertume, tu as un amant et tu ne me désires plus – mais si je te désire, à l'instant même je te désire, mais nous nous déchirons sans cesse... laissons faire les choses, laissons passer du temps, et peut-être qu'en nous retrouvant dans une milonga ou une autre, apaisés, nous aurons envie de faire l'amour et le ferons, sans engagement, sans obligation, légèrement, mais il faut arrêter à présent. La tendresse affreuse de son ton m'apprit que l'idée de séparation mûrissait en elle depuis un long moment et qu'elle ne fléchirait pas. Sur le pas de la porte elle m'envoya un baiser virtuel posé sur son doigt, qui le projeta vers moi. Je partis accablé.

Le soir même, pourtant, j'éprouvai un soulagement. Oui, un soulagement. J'étais épuisé de querelles, de tracas, et au bout de quelques heures je me rendis compte, à un sentiment de libération diffus, que j'avais vécu ces derniers mois avec une sorte d'étau autour du cerveau, obnubilé par cette femme rétive, par les détails révélateurs (qui me le paraissaient) de son indifférence, empêtré dans les fictions funestes que s'invente immanquablement la jalousie, et soudain j'étais las. L'amour pouvait donc être épuisant ? Pas l'amour – la psychologie. Car depuis longtemps notre grand désir avait versé dans la psychologie, il était lesté par les peurs, les fantasmes, les blessures, et au lieu d'être de pures flammes qui élèvent leur moi exigu vers l'immensité du battement universel, nous étions rendus au sol (une de ses expressions !), petits êtres réduits à la banale mécanique de leur conformation individuelle.

J'aurais aimé croiser mon ami le marcheur roumain pour lui dire Je ne suis plus foudroyé, tu vois ? et d'ailleurs je ne suis pas si insupportable, si négatif, faut pas exagérer, je suis un brave type. Je me remis au travail. Depuis ma dernière réalisation, je passais pour un spécialiste des maisons sur pilotis et on m'en demandait une nouvelle. Je sortis un plan assez abouti en trois jours. J'étais devenu un as de la construction sur base précaire.

En réalité, je ne pouvais croire qu'elle réussirait à se passer de nous.

IX

Je ne pouvais croire qu'elle réussirait à se passer de nous. À plusieurs reprises j'écrivis cette phrase dans le cahier rouge qui me tenait habituellement lieu de carnet de notes et qui tournait au journal intime depuis que, m'étant mis à souffrir, j'éprouvais le besoin pressant de comprendre ce qui m'arrivait – et aussi de m'épancher –, avant de réaliser ce que cette formule indiquait. J'aurais pu écrire *se passer de « moi »*. Mais bien sûr je ne me croyais pas si indispensable. Ce à quoi je tenais, au-delà d'elle et au-delà de moi, ce dont je ne pouvais concevoir qu'elle ne le chérît pas aussi, c'était ce lien que nous avions bâti, ce nu intérieur vers quoi nous tendions, c'était ce que nous fabriquions tous deux *ensemble*.

Dans cet état ambigu, entre le manque et un sentiment de libération, je me mis donc à travailler d'arrache-pied tout en étant confusément persuadé qu'elle me reviendrait. Lorsque mon nouveau client m'appela pour s'assurer qu'il pourrait passer en barque entre les pilotis de sa maison – en barque ? Vous rigolez ? – pourquoi ? Puisqu'il y aura des pilotis, je me demandais juste s'ils seraient assez hauts –, je le pris mal et lui conseillai sèchement d'installer des panneaux intimant *Protection de la tête obligatoire*. Les clients aiment que l'architecte comprenne leurs désirs les plus fantasques, leur maison est l'objet d'un véritable engagement affectif et habituellement je m'emploie à leur faire plaisir ou à leur expliquer avec douceur pourquoi ce n'est pas possible. Il n'apprécia pas mon ton et se fâcha. Moi aussi. En dix minutes le contrat était fichu. Pas d'autres travaux à me mettre sous la dent car j'avais négligé la prospection. Sale période.

L'Une était douce mais elle me paraissait lointaine. Elle l'était peut-être depuis longtemps et je ne m'en rendais compte qu'alors, sans doute parce que la question morale était revenue me tarauder. Comme j'éprouvais grand besoin, pour sortir de mon roncier mental, d'un interlocuteur à la fois libre et capable de me dire le bien et le mal, j'imaginai que S*** pourrait jouer ce rôle. Il me plaignit d'abord, ce qui, sans cesse ramené par Ellénore à mon personnage de brute égoïste, me fit grand bien. Je me souviens qu'il déclara (et cela me sembla d'une évidence lumineuse) J'ai toujours pensé qu'on mentait à l'autre parce qu'on se mentait en premier lieu à soi-même. N'est-ce pas ce qui explique le mensonge à ta femme ? Cherche la vérité de tes sentiments. Tu aimes Ellénore ? Ici ma réponse fut hésitante – je ne sais plus rien. Je la veux, je ne pense qu'à elle, je la désire, est-ce l'amour ? – tu la veux jusqu'à quel point ? La voudrais-tu autant si elle t'adorait ? S*** savait me présenter un redoutable miroir. N'était-ce pas en effet la distance qu'elle maintenait entre nous qui m'assoiffait ? – je crois que si elle était plus tendre, plus proche, je pourrais lire en moi avec plus de sérénité – et l'aimerais-tu autant ? Je protestai qu'on s'obstinait à raisonner à propos de l'amour alors que le mot, si vague, si général, empêchait qu'on sût avec certitude ce qu'il désignait. S*** me l'accorda. Comme je revenais à la question morale, il me raconta plusieurs histoires sentimentales ambiguës, dont l'une me frappa particulièrement, on comprendra aisément pourquoi : un couple s'était séparé lorsque l'homme avait découvert que sa femme entretenait une liaison depuis plusieurs années. Restés suffisamment proches pour se voir à l'occasion (ils avaient des enfants), un jour elle lui apprit que leur amie M*** venait de quitter son compagnon qui – voyez le salaud – la *trompait* (c'est le mot qu'elle employa sur un ton scandalisé). Tu imagines, me dit S***, comme mon ami fut ébahi par son inconscience et comme il brûlait de lui lancer Ah tiens ! ça te choque, toi, qu'on *trompe* son partenaire ? Tu vois comme c'est intéressant : la femme n'établissait aucun lien entre leur histoire à eux deux et celle qu'elle rapportait. Sa morale s'appliquait à autrui mais pas à elle : à elle les circonstances particulières, la complexité de la situation vécue et donc les évidentes justifications qui la disculpaient – aux autres la morale abstraite et tranchante. C'est le problème avec le jugement moral, il demande qu'on s'extirpe de la contingence de nos existences individuelles pour s'élever à la grandeur d'une justice impersonnelle. Or on a toujours beaucoup de difficulté à penser à soi autrement que comme à une absolue singularité. Quand a-t-on raison ? Je ne sais trop. C'est pourquoi je ne peux dire quelle *valeur* a ton désir, si à lui seul il permet que ta vie soit bonne, je veux dire philosophiquement bonne, pour parler comme toi… Ah, soupirai-je, mélancolique, si au moins j'étais sûr qu'un jour on se débarrasse du souhait d'intensité et qu'on entre dans la paix étroite d'une vie plus parcimonieuse… tu crois que ça arrive enfin, en vieillissant ? – je ne peux pas te répondre, je n'ai que soixante-seize ans.

L'Une m'invita à l'accompagner quelques jours en Suisse. Je retrouvai notre connivence, notre douceur, à son initiative nous fîmes l'amour deux fois, tendrement, comme à tâtons. Mais son beau corps m'était connu par cœur, si familier, si proche – trop. Je regardais les couples avec envie, j'aurais aimé moi aussi, sur les pelouses, dans les cafés, au bord du lac, me renfermer avec Ellénore dans la bulle secrète des amoureux, me livrer avec elle au pépiement léger de leurs conversations clandestines, et j'éprouvai de nouveau cet immense scandale de vieillir, de m'éloigner jour après jour et comme pas à pas de la folie d'amour…

La veille de notre retour, l'Une m'emmena dans un restaurant paisible dont le silence feutré n'était interrompu que par les pendules à coucou qui sonnaient toutes les heures, produisant par contraste une impression de raffut qui nous faisait taire. Je crois que, distrait par la tristesse, je venais d'oublier de reprendre la conversation pendant plusieurs minutes quand l'Une me dit Venons-en à nous deux. Je la regardai surpris. À toi et moi, reprit-elle, à l'amour, au mensonge, au temps… J'entendis hoqueter chaque pendule et me tassai sur ma chaise. On devine la suite. Bien entendu (comme tout semble toujours bien entendu rétrospectivement !), elle avait fini par deviner ma liaison mais avait patienté, espérant l'aveu qui romprait le silence, elle avait envoyé quelques signes (tous m'avaient échappé) et s'était étonnée d'une duplicité qu'elle ne me connaissait pas, avait souffert puis s'était consolée, considérant que nous étions peut-être à bout de souffle, en bout de course, avait entamé une relation avec un homme qui la convoitait de longue date et qu'elle n'aimait pas mais qui lui apportait de la joie, et elle proposait que nous prenions un peu de distance, de liberté, pour l'instant, *nous verrions bien plus tard.* Ce fut son expression, Nous verrons bien plus tard, qui me fit frémir car je l'employais moi-même depuis un an… En attendant, elle avait loué un petit appartement dans lequel elle s'installerait dès notre retour.

Voilà. Nous y étions. Dans l'œil du cyclone. Je ne

protestai pas. Je lui expliquai succinctement l'état intérieur qui m'avait mené à Ellénore, le lien ambivalent qui me tenait attaché à elle, nous évoquâmes notre désir enfui sans y insister, sans doute pris de pudeur face à des paroles qui rendraient la rupture irrémédiable, je lui demandai pardon d'avoir rompu notre ancienne confiance (elle y réfléchirait), lui confessai qu'à présent j'étais seul (ce qu'elle trouva positif – il vaut mieux, tu as l'air si hésitant) et que je ne voulais pas la perdre – bien sûr, nous nous aimons, dit-elle, le problème n'est pas là –, et ce fut l'unique baume sur mes plaies.

Dès le surlendemain, j'errais dans mon appartement comme un nouveau Robinson. Plus un bruit et mes machines toujours muettes : depuis longtemps je n'espérais plus que le grelot du téléphone m'annonce un texto brûlant, et sur mon ordinateur aucun message, jamais, adressé à mon cœur. L'appartement était très vide, d'une façon nouvelle à laquelle les absences de l'Une ne m'avaient pas préparé. Elle était partie sans discours, sans agressivité non plus, digne évidemment, et triste mais déterminée, emportant juste le nécessaire tout en me remettant sa clé (elle y avait tenu). J'avais le sentiment d'avoir perdu mon ossature : j'avais pris appui pendant de longs mois sur deux pieds (ces deux femmes qui assuraient ma stabilité), et voilà que je devais me soutenir moi-même, comme un malheureux triangle renversé qui reposerait sur sa pointe… Je vécus les premiers jours avec une impression de cataclysme, esseulé, misérable et ridicule (ne me sentais-je pas *abandonné de toutes* ?). L'Une me manquait-elle ? *Manquer*, mot si vague encore. Me manquait une partie de moi-même, ancienne, à laquelle j'étais accoutumé. Mais me manquait plus encore l'intensité qu'Ellénore apportait à mon existence, et ce deuxième manque prit bientôt le pas sur le premier. Car l'Une reviendrait peut-être, nos liens étaient si puissants que leur disparition me paraissait improbable. Je me dis même, dans la grande confusion qui s'était emparée de mon esprit, qu'il n'était pas impossible qu'elle ait souhaité m'offrir, sciemment, la possibilité d'aller jusqu'au bout de ma liaison, et *nous verrions plus tard.*

Je retournai bientôt à mon obsession habituelle.

J'écoutais beaucoup de tango, des airs à la guitare seule qui me brisaient le cœur menu, mais aussi divers morceaux qui me rappelaient l'Une ou Ellénore, pour la nostalgie qui s'y attachait (étrange folie des affligés qui cultivent ce qui les torture), ou des chanteurs lyriques qui ne me rappelaient personne mais dont la voix pleurait (était-ce une impression ? tous les chanteurs me semblaient porter plainte), et je me souviens d'avoir trouvé souvent une consolation momentanée dans l'élévation que suscite la musique, qui bat plus large, plus haut que les aléas individuels. Dans ces instants d'écoute fervente, je me sentais tout aussi triste, mais inclus dans une respiration plus vaste que ma tristesse propre, et ainsi, environné de beaux sons, je frôlais chaque jour la mélancolie sans y succomber tout à fait.

J'accrochai aux murs plusieurs photos offertes par Ellénore, des détails de mon corps, des danseurs, des objets ordinaires que son regard en les isolant avait rendus bizarres, des bâtiments ou des rues géométriques que leur éclairage transformait en tableaux abstraits, des paysages. L'été commençait. Il promettait de brûler comme l'enfer. Les quartiers voisins étaient devenus de hauts lieux de mémoire affective et une main de fer pressait mon cœur chaque fois que je passais devant le magasin bien insignifiant où, *avant*, j'achetais du vin pour nos fêtes galantes, tandis que les rues alentour me semblaient le chemin vers un bonheur interdit. Alors me revenaient en mémoire une phrase gentille d'Ellénore, une attention – fallait-il donc la croire délicate, cette femme brutale qui m'avait tant supplicié ? Mais une autre fois je me rappelai un déplacement *de travail* récent pendant lequel elle était devenue injoignable – avec qui partie ? Je commençai à revisiter mes souvenirs et plusieurs petits faits révélèrent, *a posteriori*, leur cruelle signification, m'apprenant qu'elle n'avait pas eu que des amants de rétorsion mais vivait à l'évidence une vie amoureuse parallèle. Cette prise de conscience rétrospective me mit à terre un jour complet – ainsi, comme tant d'autres, moi aussi j'avais su sans vouloir savoir. L'idée qu'elle m'avait menti, et souvent sans doute, fit vaciller le monde – non, la morale n'était pas qu'une affaire théorique, le mensonge m'atteignait au plus intime, dans la possibilité même de ma verticalité. Mais je n'avais rien à réclamer car je n'avais droit à rien. J'entrai cependant dans un délire d'interprétation dont au bout de quelques jours je ne pus m'extraire que par un effort considérable : la jalousie était une effrayante machine à fabriquer des fictions. Alors, enfin, me restèrent les souvenirs doux, ses yeux comme des miroirs d'eau après le plaisir, ses mains sur ma nuque, ses rires, ses mots drôles... Je revis Patricia dans une milonga et, en sortant, idée stupide, je l'embrassai. Une réminiscence légère frémit en moi, puis se tut. Comme ce geste pouvait être insignifiant ! Comme il y avait loin de ce baiser factice au sentiment d'*adéquation*, à la perfection de mon désir, à l'élan dont tout mon être était saisi en embrassant Ellénore !

Un jour, souhaitant retrouver mon compagnon d'infortune roumain, je poussai jusque dans les parages chéris et prohibés que je me mis à sillonner, dans l'espoir que ma trajectoire croiserait celle du sombre marcheur. Elle la croisa – je connaissais assez bien ses habitudes ambulatoires – et nous prîmes l'habitude de mêler nos détresses silencieuses. J'aimais sa fierté et qu'il se comporte comme s'il était, du fond de son dénuement, mon égal en dignité – et assurément il l'était, je sentais, je savais qu'il l'était. Il ne parlait qu'aux rares occasions où il acceptait un verre, et ainsi appris-je qu'il avait fui la Securitate au milieu des années quatre-vingt, une autre fois qu'il avait suivi à Bucarest des études de philologie française, ou encore qu'il avait travaillé ici comme peintre, mais je ne sus pas comment et pourquoi il vivait désormais dans la rue – s'il y vivait vraiment, ce que je n'osai lui demander. J'aimais sa réserve, sa façon de sembler venir d'un désastre dont il ne se remettait pas, comme nous, nous tous venus d'un désastre oublié, j'aimais ses yeux de braise, ses cheveux très noirs, l'intensité contenue, mais aussi perceptible qu'un flux électrique, émanant de son corps raide, et je trouvais un mystérieux secours dans sa présence.

Un soir qu'à l'accoutumée je venais de le quitter à un carrefour (quand je décidais de rentrer, nos chemins, qui s'étaient unis silencieusement, divergeaient sans qu'un mot fût nécessaire), je sentis qu'on m'attrapait par le bras et Ellénore m'embrassa avec ardeur. Alors que j'avais cent fois rêvé cette rencontre, j'en fus profondément étonné. Elle se moqua de moi – tu ne me reconnais pas ? Comme elle était belle, et comme elle était sûre d'elle, ou plutôt sûre de moi ! Elle m'entraîna dans sa tanière rouge et nous nous étreignîmes avec des gestes brusques qui paraissaient signifier Eh bien oui, voilà, nous ne pouvons pas nous en empêcher et cela nous rend furieux. Dans l'immobilité d'après l'amour elle me dit simplement Je n'arrive pas à t'abandonner, et ce fut tout pour cette nuit-là. Je ne sais si elle n'y *arrivait pas* du fait de ses sentiments, ou bien à cause de ce mécanisme infernal qui veut, après une longue frustration, qu'on reste attaché parce que, regrettant de n'avoir pas été comblé, on s'obstine à espérer *quelque chose*, même quand on n'aime plus.

Les jours qui suivirent, je ne lui parlai d'abord pas de *ma nouvelle situation* (toujours en italique dans mon cerveau). Comment lui annoncer qu'à présent j'étais libre ? Sur quel ton ? Avec quelle promesse implicite ? Je ne devais rien brusquer, me dis-je – j'en avais la conviction sans bien savoir pourquoi. Je crois que j'avais un peu peur. Ce fut elle, un soir, qui, fascinante intuition, me regarda fixement et me lança Quelque chose a changé, quoi ? Lorsque je lui appris que je vivais seul, elle me dit avec irritation Elle t'a quitté ? Elle reviendra. Ou tu la rappelleras. Je ne voulus pas protester. Je me sentais – comment dire ? dans mes petits souliers. Mes petits souliers de marcheur roumain.

Mes souvenirs de cette période sont assez confus, au point que je ne saurais dénombrer nos séparations et retrouvailles. L'été fut atroce. Négligeant mes amis depuis des mois, j'étais très seul. Ellénore se montrait d'une violence inouïe. Il était entendu qu'elle fixait les rendez-vous à sa guise, moi jamais. Elle prenait les initiatives et je devais suivre. La ville était une terrible fournaise qu'elle quittait souvent, tandis que, pétrifié, attendant son appel, je n'osais m'éloigner. Je me rappelle ces jours où elle partit pour Barcelone, où j'aurais tant aimé la guider parmi les merveilleuses constructions de Gaudí, Barcelone qu'elle avait sillonnée à vélo, me dit-elle. Seule ? Parfois, atteint d'une nouvelle blessure ou mortifié par une humiliation insupportable, je réussissais à la quitter, excédé, fou de rage, cette fois était l'ultime, on ne m'y reprendrait pas, il n'y avait presque rien à sauver – rien, fors le désir… Et n'était-ce rien, ou si peu, cet émoi immédiat dans mon corps au seul son de sa voix au téléphone, cet élan, détailleur, méticuleux, sauvage, qui ouvrait l'illimité et n'avait laissé qu'une femme sur terre pour moi ?

J'ai honte d'avouer que dans mon désespoir je tentai même de la provoquer par la jalousie : dans une milonga où je retrouvai Patricia et une autre belle femme de ma connaissance, je fis le joli cœur sous son nez, espérant me rendre désirable par le truchement d'une tierce… On imagine mon échec : du fond de son indifférence, Ellénore ne sembla pas même remarquer mes manœuvres alors que Maryse, elle, me murmurait De l'eau dans le gaz, mon chou ? La colère d'Ellénore était insurmontable, elle était devenue la substance même de notre lien.

Au-delà des sujets ponctuels de querelle – ses mots durs, ses gestes d'agacement, ses rendez-vous annulés au dernier moment –, chaque fois que j'essayais de comprendre la violence, plus subtile et plus redoutable, qu'Ellénore m'infligeait, je revenais aux deux ingrédients, d'une nature impondérable mais certaine, dont elle me privait : la poésie et la tendresse. Ne plus jamais participer à l'entreprise de recréation du monde autour de nous, ainsi que le font tous les amoureux ; ne plus jamais se prêter aux jeux de la tendresse. Pendant un temps j'avais cru qu'Ellénore avait *décidé* de manifester cette réserve, puisque je ne méritais pas mieux – monnaie de ma pièce, en somme. Mais maintenant que j'étais libre, qu'avait-elle encore à me reprocher ? N'était-ce pas plutôt qu'elle était atteinte d'une sorte de frigidité du cœur ? Bien sûr j'avais été passif dans la séparation avec l'Une, mais n'était-ce pas, indirectement, par et pour elle qu'elle avait eu lieu ? De quoi me punissait-elle encore ? Fallait-il expier les tourments que je lui avais infligés pendant un an ? L'inviter à s'installer chez moi ? Que voulait-elle ? Se venger ? S***, qui avait fini par devenir mon confident – il en faut dans les situations affectives complexes, et il avait l'humour de m'accueillir avec un Alors, tes embrouilles ? qui me faisait presque sourire –, S*** me demanda ce que j'espérais – du calme, de la tendresse – tu comprends quand même qu'elle soit un peu à cran ? – nnnoui, mais elle me rend fou. Il suggérait qu'Ellénore avait des raisons d'être désagréable, idée qui me froissa. Il le vit. Battant prudemment en retraite, il émit l'hypothèse qu'elle croyait probablement n'avoir pas été choisie, *vraiment* choisie. Et ce que je ne vois pas, mon ami, c'est ce que tu attends de l'avenir – ici j'hésitai. Eh bien je ne sais pas. Est-ce qu'il faut toujours tout prévoir ? Est-ce qu'on ne peut pas laisser faire les choses naturellement ? – hum ! *naturellement*, tu crois ? S***, je l'ai dit, pouvait être mordant. J'essayai de lui expliquer. Je la détestais et je l'adorais, mon sentiment était un animal imprévisible dont je ne savais jamais comment il allait réagir. Parfois j'étais sûr de vouloir me débarrasser d'Ellénore, de n'éprouver plus ni désir, ni amour, puis j'arrivais devant elle et l'animal, pris de tendresse, se sentait aimanté et devenait affectueux. Tout à l'heure il lui tournerait peut-être le dos, se replierait vers son repaire, mais pour l'heure il n'était plus qu'élan – ne te moque pas de mon image enfantine, elle est juste. Car d'un côté, il y a les raisonnements et les constructions mentales par lesquels j'analyse ma situation pour tenter de la rendre supportable ou de m'en dégager. De l'autre, il y a l'effet de la *présence*. Elle, son corps, sa voix, son visage modifient toutes mes décisions. Les idées qu'on se fait ne sont que châteaux d'allumettes face à la réelle présence d'autrui devant soi. Presque tendre, S*** soupira – ah mon pauvre, tant d'absurde souffrance… folie ! folie !

X

Folie ! Folie ce monde réduit à l'orbe d'une femme, folie cette amante devenue mon tyran que chaque jour j'avais voulu chasser de mon cœur où chaque instant l'avait plus solidement installée ! Effet indirect de la canicule, au creux de l'été elle coupa ses cheveux très courts. J'en fus profondément troublé, à la fois parce que je perçus cette nouveauté comme un défi (elle n'avait pas sollicité mon avis pour un changement si important) et que cette coupe garçonne accentuait sa féminité en augmentant, je ne sais pourquoi, son aura d'érotisme violent. Elle semblait plus fine, plus déliée, plus élégante mais, elfe léger, elle devenait plus insaisissable que jamais, et sa nuque dévoilée, comme un risque pris et une fragilité soudain exposée, sur elle qui m'échappait sans cesse, m'intimida tout en m'enivrant de désir. Ô trop belle Ellénore !

J'écrivais maintenant beaucoup dans mon cahier rouge, réinterrogeant inlassablement notre histoire pour tenter d'y saisir nos partitions respectives. Je me rappelai par exemple une anecdote dont j'avais jusqu'alors négligé la signification. Le jour après qu'Ellénore m'avait dit Je serai donc ta geisha, je lui avais envoyé une photo du ciel très lumineux, qui valait mot d'amour. Elle avait tout de suite rétorqué par une autre photo, celle de la jacinthe bleue que je lui avais offerte quelque temps plus tôt, tout à fait fanée à présent et lamentablement penchée sur son petit pot. La jacinthe répondait à mon ciel par cette image de joie enfuie mais je n'avais rien entendu et je venais seulement de comprendre que ce moment avait marqué le début du désastre. Si tôt ! Ce n'était qu'un détail mais combien y en avait-il de cette sorte ? Si je m'y attelais, quelles terribles évidences le passé me réserverait-il ?

S*** cherchait toujours à m'aider, tentant de m'éclairer sans me blesser. Je me souviens du soir – nous avions quitté la milonga parce qu'on ne pouvait plus y respirer et c'était à peine mieux à la terrasse du café mais mieux quand même – où il me fit remarquer que l'amour était, *pas seulement mais aussi*, lié aux circonstances – il faut en rabattre, mon cher, ce qui n'est pas facile avec nos ego surdimensionnés, mais on a beau être remarquable et infiniment aimable, si on ne lui donne pas ce qu'il attend, l'autre se lasse. On ne s'obstine à aimer jusqu'à la mort que dans les opéras, ou les romans, dans la vie on se fatigue d'espérer. Remarque bien que même dans *Tristan et Iseult*, un philtre est nécessaire. Ah ! le coup du philtre ! Il y a de l'honnêteté dans cet ingrédient magique : on ne cherche pas à nous faire croire que l'amour se soutient tout seul, ni qu'il élit et choisit pour toujours, non non, il faut rien de moins qu'un sortilège pour le rendre inaltérable. Dans la réalité, les gens à peu près normaux finissent tôt ou tard par renoncer à qui ne les aime pas comme ils le souhaitent… S*** n'avait pas tort mais, saisi d'une bouffée de romantisme, je l'accusai de cynisme – moi, cynique ? Pas tant que toi, non ? – j'entendis à son ton que je l'avais contrarié – car si je ne crois pas qu'on meure d'amour, continua-t-il, j'ai du moins l'impression de trouver une logique à la colère d'Ellénore. J'imagine qu'elle aurait aimé t'avoir tout entier – tout entier ! elle, avec ses amants ? – quelles preuves as-tu de l'existence de ces amants ? Elle souhaitait peut-être ton engagement et que vous ne pensiez pas à la fin de l'amour, ou du désir si tu préfères, même en la sachant possible – tu rêves !

Ce fut ma dernière grande conversation avec S***. Bâti sur un modèle ancien, il était peut-être, me dis-je, trop âgé pour me comprendre vraiment. Je crus aussi que j'avais fini par l'irriter : l'expression de peines d'amour répétitives est lassante. N'étais-je pas souvent fatigué de moi-même ?

Les descriptions du monde surchauffé qui nous entourait apportaient un étrange écho à mes tourments – la fonte des glaciers dans l'Everest détachait des séracs qui écrasaient les sherpas intrépides, en Floride la mer envahissait les rues et ici retentissait le vaste concert des gorges irritées par les miasmes posés sur la ville comme une chape délétère. Tout le monde toussait et les conversations tournaient immanquablement autour des lieux désirables où régnaient peut-être, rêvait-on, des températures plus clémentes. Un jour que nous étions brouillés depuis plus d'une semaine et que, l'absence et le manque remplissant leur office, j'avais déjà tout excusé et tout pardonné, l'idée me vint d'inviter Ellénore dans l'un de mes endroits favoris, le plateau de l'Aubrac, où j'espérais trouver de la fraîcheur.

Puisqu'elle était amoureuse des voyages et des paysages, je voulus exorciser la Corse et donner un cadre propice à l'amour et, qui sait, repartir sur des bases nouvelles… Je lui écrivis que je voulais l'emmener sur un plateau désert, une sorte de Mongolie semée de rochers et de pâtures où je lui apprendrais à reconnaître dans le ciel immense le milan royal, l'alouette dans les prés, au bord des chemins l'angélique et le serpolet. Elle me répondit tout de suite et se déclara réjouie par cette perspective, promettant que nous partirions dès que cela lui serait possible – de mon côté, la vie était si confuse que j'étais libre n'importe quand… Je m'étais mis en tête, après les pilotis, d'inventer des maisons côtières, non seulement écologiques par leurs matériaux et leurs sources d'énergie, mais assumant aussi l'incertitude de l'avenir : flottantes, elles seraient en mesure de s'adapter à la hausse du niveau des mers. Après la construction sur base précaire, je me tournais donc vers l'architecture durable, mais, je l'avoue, un peu mollement. Je prenais des notes de temps en temps.

Mes rêveries d'Aubrac, en revanche, étaient des plus ardentes. Par avance enchanté de donner chaque jour à Ellénore ce que dans mon enfance on appelait une leçon de choses, je révisais mentalement la flore et les promenades, je nous imaginais faisant l'amour dans un joli bois de hêtres ou près d'une rivière de ma connaissance, je me réjouissais des points de vue grandioses que j'offrirais à ses yeux voyants… Mais il fallait patienter car elle attendait un *truc*, disait-elle, et ne pourrait partir qu'ensuite. Je patientais. Nos retrouvailles seraient belles. Je repensais à ses petits cheveux auxquels, charmé et frémissant, je prêtais toutes sortes de significations positives concernant notre avenir. Car j'avais beau passer par des accès de fureur et de désespoir, je tenais à nous et je sentais combien Ellénore me *convenait*. Difficile d'expliquer mieux cette conviction très intime qu'elle était faite pour moi, que ce qu'elle était plaisait à ce que j'étais. Cette affirmation peut paraître surprenante alors que je me plaignais tant de sa froideur. Et pourtant… Elle avait les fesses un peu plates, par exemple, défaut que j'ai toujours détesté dans les silhouettes, et son corps n'était sans doute pas si beau que je le croyais. Mais cela avait si peu d'importance. Mon sentiment était beaucoup plus large, plus enveloppant que ces détails esthétiques ou psychologiques, il incluait chacune de ses particularités et s'il ne me les rendait pas toutes chères, il développait en moi la vertu cardinale des amoureux : l'indulgence. En ce sens il était juste. Oui, Ellénore me convenait, bien au-delà, ou plutôt bien en deçà de nos rages.

Mes nuits étaient inquiètes cependant, et il s'y racontait d'autres histoires. Une fois je rêvai que nous étions à Marseille, dans une salle voûtée du fort Saint-Jean. Ellénore se montrait douce et distante. Je ne voulais pas l'encombrer, mais je ne résistai pas à passer mon bras autour de sa taille et dans cet enlacement je reconnaissais la perfection de notre ajustement. Dans la séquence suivante, nous devions nous retrouver quelque part mais elle était partie avec mon téléphone et mon portefeuille et je ne savais plus comment la rejoindre. L'angoisse fut si vive que je criai dans mon sommeil et le cri me réveilla.

Enfin, au bout d'une dizaine de jours, elle me convoqua. Nous nous donnâmes rendez-vous près de chez elle pour aller déjeuner dans un petit restaurant où nous avions nos habitudes. En chemin elle m'annonça que nous pourrions bientôt partir, que le *truc* avait eu lieu : elle venait de recevoir pour ses photos un prix prestigieux et assez bien doté – elle allait nous offrir du champagne. Une bouffée de joie m'envahit. Oh ! bravo, lui dis-je, m'arrêtant pour l'enlacer, ça ne m'étonne pas, tes photos sont si singulières, si belles. Elle m'expliqua que le jury, composé de photographes qu'elle estimait, l'avait choisie dès le premier tour du vote, et que le prix serait accompagné du riche catalogue dont elle avait toujours rêvé. Je demandai s'il y aurait une réception, une fête – elle a eu lieu – tu… tu y étais ? – à ton avis ? Je fus saisi de stupeur – et… tu ne m'as pas invité ? Elle ne répondit pas tout de suite (la colère chez elle prenait toujours son élan) – et pourquoi l'aurais-je fait ? j'ai reçu mon prix seule. N'est-ce pas ma situation habituelle, seule devant le monde ?

On devine combien je fus blessé. Un prix pour son travail, une reconnaissance, un aboutissement, et elle m'en avait tenu écarté. Car je ne représentais dans sa vie, reprit-elle dans un grondement fiévreux, que la tristesse – oui, cette infinie tristesse qu'il m'a fallu toujours combattre, dans la conscience du peu que j'avais à t'offrir, oh ! l'essentiel sans doute, certes, mais si bohême, ma tanière, mes recherches de petits contrats… pauvre Ellénore qui n'a jamais été assez bien pour toi…

À ce moment-là, donc, nous sommes sur le trottoir

à quelques rues de chez elle. Le ton a monté – mon dépit, sa colère – et elle m'inonde de reproches soudains – l'indécision masculine je connais trop ça, le beurre et l'argent du beurre… coco, un poirier qui porte des pommes… – je proteste comme je peux – Ellénore ! Un poirier qui porte des pommes, des coings, des cerises, des prunes et des merles est un homme, bon sang ! un humain, avec ses élans, ses contradictions et ses ambiguïtés. Tu es tellement dure, tu veux quoi maintenant ? Une demande en mariage officielle pour que tu aies le plaisir de la refuser ? Je suis perdu, tu m'égares – « les léopards myopes ne font plus que de petits bonds » – nous parlons très fort, je vois son reflet dans la vitrine derrière elle et je vacille chaque fois que j'aperçois sa nuque désirable et exposée, mais elle est lancée, reprend la litanie de ses reproches et moi celle de mes plaintes, j'ai oublié leur contenu exact, elle me traite de tragédien, je crois qu'à un moment donné je mets la main sur son bras et elle se déplace, dessinant la figure qu'au tango on appelle le *giro*, le tour : elle tourne autour de moi qui me contente d'accompagner sa volte par un pivot sur place. Elle se retrouve au bord du trottoir, fait un geste vers le haut pour repousser mon bras et descend sur la chaussée en se retournant encore une fois vers moi pour me dire quelque chose avant de s'enfuir, quelque chose de cruel, encore *tragédien* peut-être… Oui, c'est ainsi, je mets mon bras, elle dessine un *giro* qui la porte au bord du trottoir et elle crie, ou plutôt – je ne me rappelle pas ses mots – elle enrage et peut-être répète-t-elle la phrase de Michaux, les léopards myopes, avec mépris, elle descend du trottoir en me lançant ces derniers mots de colère, agitant les mains vers moi, ses yeux verts devenus noirs, et à cet instant, à cet instant-là, oui c'est ainsi, mots qui volent, *giro*, retraite, chaussée à reculons, à cet instant-là, précisément, une voiture qui venait d'une rue adjacente et qui a tourné à toute vitesse, à toute vitesse, une voiture frôle Ellénore qui s'était avancée sur la chaussée, ses yeux verts devenus noirs, qui me disait tragédien et ne savait sans doute plus depuis longtemps si elle m'aimait ou me haïssait, j'imagine, qui n'avait plus assez de paix au cœur, par ma faute, pour savoir ce que je représentais pour elle si ce n'est la tristesse, la tristesse et la colère qui venaient de nous conduire… là.

Je me souviens, avec la précision et le flou du rêve, comme nous étions pétrifiés et qu'elle a pâli (ou moi ?), m'a regardé fixement, mes pieds coulés dans le bitume, puis elle m'a tourné le dos et s'est enfuie en quelques bonds. C'est la dernière image que j'ai d'elle – son corps d'elfe léger, sa nuque dévoilée, disparaissant vers sa tanière tandis que mon cœur battait encore à tout rompre et que le klaxon de la voiture s'éloignant n'en finissait pas de hurler comme un cri déchirant et une protestation.

Du même auteur

Romans

L'Adieu à Stefan Zweig
« Points » n° P2951
(première édition sous le titre :
Dernières promenades à Petrópolis
Le Seuil, 1990)

L'Île au nadir
Quai Voltaire, 1992

Trois nuits d'un personnage
Stock, 1994

Lent Delta
Verticales, 1998

L'homme qui jeûne
L'Olivier, 2006

Entre les bruits
L'Olivier, 2009

Essais

L'Écriture du désir
Calmann-Lévy, 2000
(Prix de l'essai de l'Académie française 2001)
« Folio Essais » n° 566

Le Sentiment d'imposture
Calmann-Lévy, 2005
(Grand Prix de l'essai
de la Société des Gens de Lettres 2005)
« Folio Essais » n° 515

La bêtise s'améliore
Stock, 2007

La Tentation de Pénélope
Stock, 2010

Le Baiser peut-être
Alma, 2011 ; « 10/18 » n° 4738

Le Goût du baiser
Textes choisis et commentés
Le Mercure de France, 2013

Petit éloge du désir
« Folio 2 euros », 2013

Récits

La Chair du temps
(Prix littéraire de la ville de Caen 2012)
Stock, 2012

Le Don du passeur
Stock, 2013

Esthétique et critique littéraire

Philosophies de la musique, 1752-1789
Klincksieck, 1990

La Réception des opéras de Mozart, 1793-1829
Klincksieck, 1991

Musique et littérature au XVIIIe *siècle*
PUF, « Que sais-je ? », 1998

Narrations de la vie intérieure
PUF, « Perspectives littéraires », 2001

L'Œuvre *de Zola*
Gallimard, « Foliothèque », 2002

Réalisation : Nord Compo à Villeneuve-d'Ascq
Achevé d'imprimer par Corlet, Imprimeur S.A.
14110 Condé-sur-Noireau
Dépôt légal : février 2015. N° 802 (168403)
Imprimé en France